KB070881

청어詩人選 189

Irish Coffee

아이리시 커피

장진張鎭 시집

청어

아이리시 커피

장진 시집

발 행 처 · 도서출판 청어
발 행 인 · 이영철
영   업 · 이동호
홍   보 · 이용희
기   획 · 천성래
편   집 · 방세화
디 자 인 · 이해니 | 이수빈
제작이사 · 공병한
인   쇄 · 두리터

등   록 · 1999년 5월 3일
(제1999-000063호)

1판 1쇄 인쇄 · 2019년 8월 1일
1판 1쇄 발행 · 2019년 8월 10일

주소 · 서울특별시 서초구 남부순환로 364길 8-15 동일빌딩 2층
대표전화 · 02-586-0477
팩시밀리 · 0303-0942-0478

홈페이지 · www.chungeobook.com
E-mail · ppi20@hanmail.net
ISBN · 979-11-5860-678-7(03810)

이 도서의 국립중앙도서관 출판시도서목록(CIP)은 서지정보유통지원시스템 홈페이지
(http://seoji.nl.go.kr)와 국가자료공동목록시스템(http://www.nl.go.kr/kolisnet)
에서 이용하실 수 있습니다.(CIP제어번호: CIP2019025243)

Irish Coffee

아이리시 커피

자서自序

계절이 지나가는 자리에는 어김없이 많은 편린들을 볼 수 있다.

마찬가지로 삶의 궤적을 돌아보면 역시 많은 흔적들이 적나라하게 그려져 있다.

지난날들을 돌아보면 고향 풍경 골목길에서 뛰놀던 친구 외가에 지냈던 유년 시간들.

이따금씩 꿈속에서도 나타난다. 그건 그리움의 영상이리라.

교직생활 38년을 잘 마무리 하였고, 교직이란 천직을 좌고우면左顧右眄하지 않고 끝까지 완주했다는 나 자신이 기특하기도 하다.

이런 여러 가지 연장선에서 소박하기도 하고 부끄럽기도 하지만 지금은 내가 소망했던 것을 이루려고 하고 있다.

그건 문학을 안고 사는 일이다.

그리고 또 한 권으로 시를 엮어 보려고 한다.

시집을 내고자 하면서 그간 함께 했던 지인과 문우님들에게 고마움을 드린다.

문학광장문인협회, 현대문예사조문인협회, 수원문인협회, 경기문인협회, 경기문학인협회의 글 벗님들에게 감사를 드린다.

기꺼이 서평을 써 주신 양승본 회장님, 윤형돈 선생님께 고마움을 드립니다.

『장미의 이름』을 쓴 움베르코 에코(Umberto Eco, 1932~2016)가 말했던가.

인간이 죽음을 극복하는 방법에는 두 가지가 있다고.

하나는 자식을 낳아 키우는 것.

또 다른 하나는 저술을 남기는 것.

이제 저술을 남기는 일이 나에게 남아 있는 듯하다. 또한 많은 글을 쓰고 싶은 욕심이다.

이 시집이 나오기까지 또 한 사람을 말하고 싶다.

나의 처 이규학李揆學 님에게도 고마움을 전하고 싶다

2019년
영통 뜨락에서 하곡霞谷 장진張鎭

차례

2부

3부

4부

해설

1부

가을 그림자

유리창에 스미는
가을 하늘
말갛게 퍼지는 소리
고개를 돌려보면
아직도 그 자리에
그림자 안고 서성이고 있다

여름내 아팠던 시간
버려진 일과표
구겨진 메모지

수줍게 다가서는
여린 추억들

가을 그 그림자
길다

포천부抱川賦 1

하늘을 향해 날리는 하얀 점
누군가 말했다
눈은 땅으로 내리는 게 아니라고

미리내 가는
여정일 뿐이다 라고
그리하여 별들은 기다리고 있다고

그리움이 깊어지면 몸이 가볍다
그리하여 별이 되고
기다림이 되고 사랑이 된다는 걸

살갑게 맞이하고픈데
하늘로만 간다
날리는 하얀 꽃무리

꽃진달래

산등성이에 오르면
화사한 미소로 맞이하며
한창 멋에 겨워 자랑하니
꽃마다 사랑이다
꽃진달래

지난 엄동
견뎌냈다는 희열이
색깔마다 묻어나와
이 계절을 알리고 있다
꽃진달래

내 연연해하던 사람
기약 없이 떠났으나
언제나 약속을 다한 너
꽃진달래

산등성이에
외로움 이겨내며
또 다른 세계를 열고 있는
꽃진달래

그리하여 봄은 만들어진다

꽃찔레

찔레꽃 피는 계절이 오면
어머니가 생각난다

무척 좋아하셨던 꽃이 꽃찔레
언제나 꽃이 필 때
설레이던 모습

"엄마 왜 꽃찔레가 그렇게 좋아"
"응, 꽃찔레를 보면 엄마가 생각나서 그래"
글썽이는 눈망울을 보여주시던 당신

제 철 어긴 적 없이 피는 꽃
꽃찔레
오늘도 기다림은 헛되지 않아
하양 고운 차림으로 온 꽃찔레
이 계절
어머니 모습 떠오른다
그래서
꽃찔레는 기다림이다
꽃찔레는 그리움이다

꽃찔레 피는 이 계절
더욱 그리워진다

15

장미

붉게 피는
그리움

가시
아픈 사랑
그래도
보듬어 본다

그리움 깊을수록
붉은 빛 토하는
상처

그래서
사랑한다
장미

봄의 기도

나래를 펼쳐
온 가슴으로 맞이하는
새 순
그대를 위해 두 손 모아 본다

바람이 잔잔해지면
우아한 봄은
자태 고운 꼭두각시
그리며 드리는 기도

하루 더 하루
땅 기운 북돋우며
나무를 하늘로 올려 보는
장한 기력

손 더욱 흔드는 풀잎
아름답게 고운 몸짓으로 드리는
한 마음
봄의 정령은
이 기도 받으소서

자작나무

눈 내리는 언덕
하얗게 지새우는
차갑던 날은 온통 그들만의 세상
견고함으로 오는 단아함

훈풍 불어나는 남녘 마다하고
삭풍 치는 이곳 자리 잡은 그 마음
처연하게 빛나는 자태

묻어나올 것 같은 새하얀색 옷
겹겹으로 둘러 입으며 욕심 저리 두고
고운 결 자랑하며 오롯이 서 있는 나무

제 몸 자작자작 태우며
따스한 온기 나누며 사는
그 이름
자작나무

봄꽃들은

봄이면 피어나는 꽃들은
서로를 자랑하지 않습니다

개나리는 울 밖에서 노랑 웃음을 지어낼 뿐입니다
매화는 꽃을 피면서 향기를 자랑하지 않습니다

산수유 꽃은 산수유 꽃답게 핍니다.
거기에 미사여구 찬란한 몸짓은 없습니다

배꽃은 그냥 하양 소리를 만들고
다소곳하게 필 뿐입니다

복사꽃은 어떡구요
그냥 화사한 눈짓으로 핍니다

살아가면서 자기 소리 내며
살아가는 이가 얼마나 많습니까

제 자랑 하면서 떠드는 말씨마다
드는 아쉬운 마음

그래도 자랑하지 않고 살아가는 이가 많다는 걸
꽃을 보면 압니다

세상 꽃들은 피고 지며
자랑하지 않습니다

봄 오는 길

꽃이 핀다
길가에 떨어지는 그 꽃잎
작은 집 섬돌 위에 떨어진 꽃잎 하나
웃으면서 건넨 말

'봄입니다'
'봄이네요'
'봄이 왔어요'

내 어린 시절
무척이나 당신을 힘들게 했던 날도
꽃잎은 어깨 위에서 말했다

'봄이 왔단다'

그 사이 훌쩍 커버린 지금
봄꽃이 오면
유년기를 벗어나지 못한
갈증이 밀려온다
그래서
봄이 오는 길
이제 홀로 서서 맞이한다
꽃잎을 보고자

가을

햇살 흩어지는 가을 서정
이렇게 시로 나타낸다는 건
어쩌면 신을 모욕하는 것이다
그럴진대 쓰고 있는 나 자신이
찬란한 이 계절에서는
추레할 뿐이다

저 멀리 가는
가을을 붙잡아 보지만
서 있지 않으리니
그래도 속절없이 불러 본다
가을을

그리움의 저편에서
생채기 안고 떠나는 이 있으니
아픈 곳을 보듬어 보면
새 살 돋듯 가을이 거기 있다

너무도 슬펐고 아린 어린 날
말 못하고 떠난 버린 어머니
그날이 가을이었지요
해돋이에서 해넘이까지 꽉 찬 이 계절
이제는 아름다운 시절이었다고 말하고 싶다
이 가을에

교정에 온 봄 1

어느 새
봄은 운동장을 가로 질러
창가 화단을 점령하고 있다
시간은 오는지
세월이 가는지
분명한 건 봄이 왔다는 것

재작년에 심은
라일락이 꽃순을 수줍게 드러내고
목련은 이제 필 채비를 한다
엊그제 심은 조팝나무는
연두색 싹을 내 놓으며 키재기를 하니
영산홍이 이어 피려고 기지개를 편다

봄은
뉘 알아주지 않아도 오며
시키지도 않아도 자리 잡는다
가라해도 그렇게 가는 것도 아니다
시인 말했다
하나의 생명이 온다는 것은
참 좋은 일이다고
봄은 그렇게 온다
세 생명을 안고 온다
참 보기 좋다
봄이 온 교정은

구절초 하나

군자란이 잘 자라는 남향집
햇살이 귀엽다며
남쪽 창가에서 그 꽃을 바라보셨던 어머니
석양은 너무 처절하다시며
외면하시던 모습

구절초 향기 좋다 시면서
몹시 가을 타셨던 어머니

평생 인고를 안고 사시던 어느 날
남향을 물끄러미 바라보던 날
속 깊은 이야기 하리라 다가서면
한 걸음 뒤로 물러나는 몸짓

홀로 타들어가는 고통
누가 알겠느냐마는
그래도
아쉽고 그리움은 쌓여간다

그렇게 싫어했던 석양
그게 지금 생각하니
어머니 모습인 듯

이 가을 자리에
구절초 하나 놓고 갑니다

봄에 대한 소회所懷

창밖에 벚꽃이 한창이다. 이번 주에는 늦은 벚꽃을 만나야 할 것 같다. 그래야 봄이 주는 희열을 느낄 수 있으니 굳이 벚꽃뿐일까. 개나리 목련 꽃진달래가 벚꽃 못지않게 계절의 알림장을 돌리고 있다. 잠깐 피었다 지는 꽃이 아쉽지만 그래도 봄꽃구경은 해야 지난 긴 겨울을 털어낼 수 있을 것만 같다. 그래서 사람들은 봄이면 꽃 보려고 안달하고 있음을.

왜 이리 꽃이 아름다운 걸까. 그 자체 모습이 아름답기도 하지만 무한한 가능성과 소망을 주기 때문이리라.

어느 땅에 뿌리를 내리든지 아픔을 뚫고 피우는 행위가 환상이기 때문이다. 그러기에 꽃의 아름다움과 낭만의 크기는 무한대이다. 낭만과 꽃은 가능성을 주는 그것으로 봄에 알맞은 서러움이리라. 그런 서러움이 있기에 꽃을 피우고 열매를 맺는 거룩한 일생을 시작하는 봄에 꽃구경은 또 다른 낭만을 위한 시작이리라.

찔레 1

상그런 바람이
오월을 담으며 다가와
꽃잎 새에 깃들면
꽃 피는 소리에 놀라
노랑나비
꽃등에 앉는다
이내 전해오는
그리운 어머니의 목소리
서글픔 쌓인
꽃찔레 내음에 취해본다

그리움은 향기를 닮아 있다

찔레 2

어느 새
계절은 오월
찔레꽃 향기는 더욱 찬란하다

공녀로 가는 찔레
숱하게 가슴 미어지는 처절한 생활
그 끝에 돌아온 고향
흩어져 없는 가족
살던 집만 덩그렇게 서 있다
찾기를 헤매이던 어느 날
고향집에
삶을 마감한 그녀
그녀가 찾아 다녔던 곳곳마다
하얀색 연분홍색 꽃들이 피어
이름하여 찔레꽃

지금도 그 꽃
그리움의 애달픔이 가져다 준
우리네 서글픈 역사가 슬프다

11월

바람이 어깨를 스쳐간다
차가운 촉감만이 몸에 전해온다
바람은 거처를 마련하지 못해
거리를 애달프게 서성이고 있다
바람은 국화향 언저리에 기대보련만
어쩌지 못한 이물감에 허탈해 하고 있다

아직 널 추운 탓일까
걸음걸이들이 여유로워 보인다
엊그제만 하여도 부산스럽더니만
나잇살 먹은 아주머니 치마에는
가을이 수놓고 있다
아직은 겨울이 이르다고
소박한 생각도 하여 보았지만
힘 빠진 햇살만이 바람에 몸 둘 바를 모르고 있다

겨울의 초입에서
지중해 햇살을 그리워하던 장미는
눈을 감고 있다
바람은 갈대를 여전히 흔들리게 하고 있다
그것도 벗이라고

하늘은 포근하게 구름을 안고 있다
그리고
11월
손 편지를 써 보낸다
사랑한다 그간 고맙다고

나무에게 배운 가을

삶이란 성쇠의 연속
잔뜩 취한 후
멍한 상태로 떨어지는 나뭇잎 보며
한 사발 냉수를 마시는 것
그게 가을에 서 있는 나무

모든 것이 비워 내는 하루
모든 걸 내려놓는 나무의 가을
온전한 그 자체로 남겨
더 이상 줄 것 없는 가을 그 나무에게
불현듯 떠오르는 한 줄기 빛
삶의 희망을 써 본다
너무나 많은 걸 지니고
얼마를 가지고 살았는지
떨어지는 잎새
계절의 흐름에서
또 다른 시간을 기다린다

차가운 바람에 맞서는 이들
이제는 소망하는 바를 버리는 일 없기를
하루를 마감하는 어둠이 내릴지라도
숨 쉬는 날까지
삶의 끈을 놓지는 말자
아직도 여백은 있다고
이 가을
나무에게 배운 건
아침이 온다는 것
그래도 따스함이 기다리고 있다는 걸

가을 사랑

가을
한 해 지킴이를 자처 한다지요
흩어지는 낙엽들에게
우리는 흩어지지만 만남은 항상 있다고
그러기 위해서는
이 시린 날들을 사랑해야 한다고

어설픈 몸짓으로 맞이할지라도
사분사분 쌓이는 낙엽
따스함을 알았을 때
오는 희열을 아느냐고

몇 몇 아이들이 요란스레 나뒹굴어도
시끄럽게 할지라도
슬프지 않은 얼굴로
가을은 여유를 주니
오히려 좋은 일이라 여겨 하늘을 바라봄이

가을은
그래서 흐뭇하다
알알들이 모여 흡족함을 주는 열매들
오늘도
가을을 바라보면서
이 계절 더욱 사랑해야 한다고

눈 내린 후

1
이런 날이면 눈이라도 와야 하는 게 아닌가
엘리스가 말했다. 토끼눈으로
1월 어느 오후 거리에 서면
가로수는 웅크리고 앉아 있거나 서 있거나
각기 다른 얼굴로 지나가는 모든 것을 보고 있다
참 쓸쓸한 광경이다

2
이상도 하지
좁은 골목을 지나 큰 길로 나서면
채 가시지 않은 어둠의 흔적이
구석에 자리 잡고 있는 게
소리 없는 예감
움직임은 정지하여 웃음도 멈춰 있다

3
엘리스가 말했던가
부자는 부끄럽지 않다
그래도 죽는 게 부끄러울 뿐이다
부자는 죽음이 부끄럽구나
나는 부끄럽지 않게 죽어야 할 것이다

4
어제 만난 지인은
언제 밥 한 번 먹자
멋쩍게 웃으면서 빈 말을 던졌다
그 말이 공수표라는 걸 알면서
그래 시간되면 밥 한 번 먹자고
회답하고는 어색한 만남을 모면하려는지
서둘러 각자의 길을 갔다

5
신뢰성 상실
함정의 덫에 걸린다
눈 온 뒤에 겨울인줄 알았다
그게 페르소나*인지

6
세상의 법칙 중
청어의 법칙이란 게 있다
나는 벗에게 고개를 돌린다
느낌은 없다 구체적으로
뒤처진 걸음
이상한 정글 같은 가로등
어둠은 모든 걸 탐욕하고 있다

---

* 페르소나persona : 라틴어로 '가면'이란 뜻으로 인성(personality)이란 단어의
어원 이것은 가면이 다른 사람에게 공공연히 제시되고, 개인이 쉽게 조절 또
는 관리할 수 있는 자아의 측면이라는 점 즉 자신의 본성 위에 덧씌우는 사
회적 인격을 말함

7
날이 샌다는 건 허무하다
기다란 대통 속으로 세상을 보는 사람들
한 통 속으로 몰아가고 있다
나는 고개를 가로 지른다

8
흉물스런 송전탑이
잎새 벗은 차가운 나무를 제압하듯 서 있다
곧 이어 회색 건물 사이를 지나
두런거리는 소리를 하며 중절모가 지나간다
검은 색 정장한 나무와 붉은 색 투피스의 나무 커플
사람들은 몰려다닌다
나는 웃었다

9
이상하기도 하다
또 다시 움직임은 정지
저무는 햇살이 내려온다
조용하다
어느 저녁 즈음
세상은 고즈넉하다
아무 일없다는 듯이 눈이 내린다

어느 겨울 시흥역始興驛에서

몇 번인가 울다가
와 버린 시흥역

겨울비가 내려 흉물스런 도회지를
씻어 내어도
사람들은 서성이고 있다

기다림
우울과 그리고
샹송이 흐느적거리고 있었다

겨울 언저리에서

꽃민들레

봄이면
언제나 찾아오는 그대
꽃 민들레

사는 게 척박하다 하여
탓하지 않고
서럽다 하여 원망하지 않으며
스스로를 업신여기지 않는
꽃
민들레

노오란
곱디고운 자태
그대를 사랑합니다
꽃 민들레

산사山寺 풍경

바람이 말 했다
낙엽이 말없이 비겨준다

가을 산사
하루해가 넘어 갈 즈음
절 마당은 겨우살이로
야단법석이다

그 자리에
그렇게 찬란했던
꽃무릇이 저물어 가면서
남겨 놓은 긴 그림자
어제처럼 여전히 자리하고 있다

알싸한 풍경 소리
그 긴 여운
쇠잔해 가는 노을 받으며
소박한 살림에도
바지런한 아내는
아궁이에 불을 지피며
돌아올 사내를 기다린다

이제는
바람이 말했다
또 다른 계절이
수태되는 순간이라고

가을 서정

새벽
창 두드리는 소리

짙어가는
꽃그늘 자리

차가운 공기

오늘을 즐겁게
하루를 여는 소박한 미소 주는 그대가
그리워진다
가을이다

나무

모든 걸 다 주고
한 겨울
오롯이 서 있는
괴벗은 그대

비바람 억세게
몰아치고 호들갑스러도
안온한 마음을 갖게
다독여 주며
따가운 햇살 이기며
결실을 묵묵히 다지는 그대

한 서리 익숙하고
굳센 의지로 버티며
굽히지 않는 몸체인 그대

푸른 하늘 향해
서 있는 그대 만지며
하늘 냄새 난다던 나의 어린 딸
이제는 나의 전부가 된
그대는 나무

하한거 夏安居

一夏九旬
九旬禁足

해하解夏는 어느 날인가
아직도 비는 내린다

내가 속행俗行했던
모든 것들은 그대로 놔두고
와 버린 지금
지장보살이 인도하는 세상
어디쯤일까
깨달음은 지금
빗소리에 흔들린다

수많은 사념思念들
민낯으로 나타나면
나 자신이 혼란스러워진다
송풍松風마저 주춤하는 날이면
속세 것들이 나를 뒤척이게 한다

해탈지경解脫地境
아직도 먼 나의 스토리
언제 솜털 구름 같을까
언제쯤이면 새처럼 날아오를까
언뜻 본 대웅전 문 무늬가
단아하게 나를 더욱 채근한다

문득 숲에서 나오는 소리
영글어가는 계절의 울림인가
또 다른 속세가 자작거린다
미처 떠나지 못한 이슬 하나
떨어지는 소리가 사근거린다
거기까지인가
진실로 가벼운 몸놀림이 즐겁다

섬

섬이 있기에
너에게로 가는 길이 좋다

섬은
파도와 벗하며
물새 날려 보내고
또 다른
섬을 물고 와
구름 하나 그려 놓고 간다

그런
섬이 있기에
나는 너에게로 가는 길이 좋다

더위

여기는 사하라 사막
태양이 자기 역할을 충실한 곳
습하고 작렬하는 태양

그리고 뫼르소를 생각하게 합니다*

---

* 뫼르소 : 까뮈 소설 「이방인」에 나오는 인물

그리고 비가 왔다

이 가을
비가 왔다
습기 찬 고뇌는 입은 옷에 휘감기고
우울한 세레나데를 내리게 한다

모든 사물이 떠나고
칸트Immanuel Kant가 죽고 헤겔Georg Wilhelm Friedrich Hegel
이 부산스럽게 떠나고 마르크스Karl Marx가 죽고
김해경金海卿이 죽고 채만식蔡萬植이 죽고 박인환朴寅煥이 죽고
김수영金洙暎이 죽고
그리고 비가 온다

잿빛 하늘은
그래도 시인은 살고 문학이 꿈틀거리는
어느 공간을 주었다
살붙이들이 흥미로운 교접할 때
희락이 공허한 메아리일 때
그리고 비가 왔다

저 산자락 넘어 너머
비구름 지나가면서 외친 모습
국민소득은 부동산에서 온다
먹물 좀 먹고 떠드는 검은 테 안경 사내
죽어간 엥겔스(Friedrich Engels)
아니
부조리로 둘러싸인 사람을 사랑하다
십자가에서 죽은 예수를 연상했다

사람들은 비를 사랑했다
그리고 허기가 질 때마다
미친 듯이 서로의 민감한 부분을 찾았다
그리고 비가 내렸다

낙지 그리고 치열한 여정

영산포 앞 바다 해물탕 집에서
한 접시에 멍게와 흐물거리는 산 낙지가 나왔다
거대한 수족관 앞에 있었다
목젓가락을 들고 있는 사람의 모습

Aquarium에서 생선도막을 들고 있는 사육사들
백상아리는 한 잎으로 삼키고 있다
다시 먹을 듯 달려든다

꿈틀거리는 접시의 낙지 조각을 놓고
목젓가락과 한참 씨름을 하니
입가에 침을 흘린다
이윽고 혀를 감싸고 식도로 넘어가며
물렁하고 습한 이물감을 체험한다

낙지의 숨 가쁜 그 치열한 여정
사기접시에 떨어지지 않는 강한 흡착력
그냥 목젓가락은 가만있는 멍게에 간다

역류성 식도염인 듯한 감각
얼른 매운 고추를 입에 넣는다
순간 엄청난 고통이 식도를 타고 노래한다
갑자기 낙지 한 토막이
접시에서 기어 나간다
절실한 몸짓
그리고 아픔까지
감전된 듯한 내 몸 돌기들이 일어난다
정신이 확 깨어난다

영산포 앞 바다 해물탕 집에서
한 접시에 멍게와 흐물거리는 산 낙지가 나왔다

이명耳鳴

황혼
질척거리는 항구
모습을 잃어버린
국적불명의 어군魚群
전쟁은 더 이상 새로운 뉴스는 아니다
좌초坐礁
엔진 고장
나는 머그컵을 들고
바다를 바라 봤다
바다는 침묵이다
SOS

영화관
엔딩을 알리는 음악
조명이 켜진다
집으로 가란다
시끌벅적한 공간
너는 청력을 상실했다
아니 정확하게 말하면
귀가 먹었다 귀머거리
SOS

난파선에서는 할 수 없다
구조신호를
어디에도 없었다
너의 이명이 그걸 말해준다

크로이체르 소나타

지인의 결혼식장에 갔다
분주하게 움직이는 혼주
여신 웃음으로 반긴다
'결혼식'이란
남녀의 공식적으로 성행위하는 걸
공포하는 날인가
예전에 읽었던 톨스토이가 쓴
'크로이체르 소나타'* 라는 소설이 생각난다
크로이체르 소나타를 연주하는 두 남녀
화자의 아내 되는 여자
바이올린을 켜는 남자
이 두 사람이 연주하는 곳은 화자의 집
화자인 '나'는 질투에 눈 멀어
아내를 죽이지만 이내
불륜이 인정되어 무죄로 나온다
아내에게 오직 성적 쾌락만을 기대하는 화자
그리고 죽음이 헛되게 무죄 석방하는
당시 현실 결혼생활
150년 이상 지난 이 시간 현실하고
잘 맞아 떨어지고 있는 게 묘하다

---

* kreutzer sonata : 베토벤 바이올린 소나타 9번 제목으로 톨스토이의 중편 소설명.
  이 소설에서 남녀 성과 사랑에 대한 작가 사고를 볼 수 있음.

진정한 결혼이란 무엇일까
남녀 사이에 결혼은 살아가는 과정이지만
소설 속 화자의 참회록은 유효한 걸까
두 젊은 커플 잘 살아가길 바란다

경마장 가는 길

경마장 가는 길은
무척이나 험하였다
한 때 말들이 질주본능을 노출시켰다
오래 전 말을 비평하던 사람들은
모두 산으로 갔다
산봉우리마다 말 묶을 말을 세웠다
물론 푸른 초지는 지천으로 있다
왜 이들은 말을 산으로 가게 했을까
한바탕 꿈을 이뤄보려는 사람들
그 뜻에 부합하려는 기수와 마주
열심히 달렸다
모두다 1등은 아니다
언제나 1등은 한 명이다
산으로 가야만 했던 까닭은
거기 있었다
그런 말이 있잖은가
사공이 많으면 배가 산으로 간다고

경마장 가는 길은 무척 험하였다

2부

담배 서정

추한 얼굴로 태어나
평생 단 한 번도
사랑을 해 보지 못한 여자
그녀가 자진한다
죽기 전 마지막 남긴 말
다음 생에는
세상의 모든 남자와 키스하고 싶어요
인디언 전설에

그녀가 죽은 자리마디 돋아 난 풀
우리나라 말로 담바구
그리고 담배

얼마나 많은 이들이 피워야
그녀의 소망을 풀 수 있을까
오늘도 동네 어귀에서
골목에서 내 뿜는 하소연
그 냄새에 취해서 어지럽다
아마 세상이 어지러운 게다

버스 안에서

62번 버스 안에서 거리를 바라보면
언제나 부산스럽게 움직인다
그럴 적마다 끈적끈적한 일상의 편린들이 일어난다
오늘 하루 산다는 게 뭔지 녹록하지도 않은 생활에 푸념도 하
련마는
모두들 앉아 고개를 숙인 채 말이 없다

멈춤 그리고 출발
반복할 때마다 또 다른 일상들이 사라지며
팍팍한 얼굴들이 겹겹이 자리에 쌓인다
안내 멘트는 피곤한 목소리를 내고 있다

시간은 흘렀다
이윽고 버스는 목적지에 닿게 될 것이다
그제서야 땅거미는 거리를 점령군 마냥 올 것이다

내가 타고 다닌 62번 버스
집 있는 사람은 집으로 갈게다
그래야 하루가 마침표 찍을 테니

나는 어느 지점에
눌러야 하나
하차 벨을 물끄러미 바라본다

돈키호테|don quixote

미겔 데 세르반테스 사아베드*

마드리드 외곽 주변에서 서성이던 추레한 한 사내
생활이 얼마나 시달렸는지
고독한 삶을 얼마나 살았는지
아니면
유부녀와 연애가 지루했는지
그가 힘들어 하며 쓴 돈키호테에는 많은 말들을 안고 있다

지금부터 460여 년 전
침 발라가며 썼을 이야기 책
터널증후군은 없었는지
제대로 탈고는 했는지
산초는 지금 어디에서 길을 헤매이고 있는지
병을 얻은 지 스무 날을 못 넘겨
뭐 그리 바쁘게 떠났을까
엉뚱한 생각을 하지만 가난은 떠나지 않았다

---

* Miguel de cervantes saavedra (1547~1616)

지금 나는 호병골 한적한 방구석에서
철 이른 기침을 하며
야심한 밤에 돈키호테를 끄집어내고 있다
생애 끝은 어디인가
시간의 종점은 있는지
풍차는 돌아가고 있는지
아직도 못 가 본 나라에 대한
동경이 파르르 퍼진다
그러면서 또 다른 나를 발견 한다

돈키호테
그리고 산초는 우리들의 자화상이런가

도서관 소회所懷

도서관에 들어서면
잘 정돈된 시선을 볼 수 있다
많은 눈동자는 부릅뜨고 출구를 본다

저 끝에서 이쪽으로
한 무리 사람들이 오고 있고
눈동자는 자리 잡는 걸 지켜보고 있다

아리스토텔레스의 그윽한 미소를 본다
옆에는 이지러진 한 독재자 초상화가 부조화를 이룬다
새뮤얼 헌팅턴과 에드워드 사이드와의 치열한 싸움
그 때마다 창밖에는 처절한 최루탄이 터진다

흩어짐
모아짐
이합집단

그 속에서
내 친구들은 군대에 가고
나는 거리로 향했다
군에 갔던 소설을 쓴다는 한 친구는
어느 새 사복차림으로
나에게 소주 먹은 만큼 털어 놓았다
사찰 팀에 있다고
사회과학 서적이 몰수되었고
이윽고 말이 없어졌다

플라타너스가 낙엽이 되길 몇 번
졸업은 외로웠다
도서관을 떠나지 못하는 이유이다

K에게

K에게
내가 살아 있는 자체가 행운이다
축축하고 습한 공간을 지향하는 질서
그 외 아무 것도 없었다

텅 빈 시간
희망은 좌절이지만
누가 삶을 대신할 수 있는가
몇 푼 되지 않는 돈으로
서로의 기능을 만져보고 말했다
좀 더 많은 기억을 저장해야 해야 한다는 것을

그리고 무엇이 문제인가
두려워해야 한다
완벽함을 위하여
그리고 공간을 몇 번 옮겼다
그때마다
나의 경력은 하나씩 지워졌다

앞날은 지나올 시간
지나 온 시간은 미래의 속성
나의 앞날은 과거
하나씩 사라지는 현재
산다는 것은 과거 시간

나의 공간을 엿본 사람은
주변에서 사라졌다
정확한 표현으로 떠나갔다
휴지 조각 같은 햇살이 비추어질 무렵 떠났다
그러니 나를 누구에게 말하겠는가
거짓은 인간을 살찌게 하지만
참을 말하지 않는다
그게 비만이라고

K에게는 책임일지 몰라도
무책임한 건 본능이다
그러지는 말자 더 나은 삶을 위해서
이제는 다시 꿈을 꾸어야 한다
그게 순간일지라도
사악한 언어가 사라질 때
나는 사랑을 만든다
나는 살아 있는 자체가 행운이다
너는 살아 있는 자체가 행운이다

아이리시 커피*

아일랜드는 슬프다

1845년 대기근 이야기
수난의 역사에서 커다란 장면
이웃은 모른 채
수백 만 아사餓死에 대한 이야기는 많다
그래서 그런지 유난히 슬픈 사연이 많다

아이리시 커피
에스프레스와 위스키 한잔
3대 1 적당한 비율
갈색 설탕을 넣고
그 위에 두텁게 생크림을
살짝 얹어 놓은 커피
이 때 아일랜드 산 제임스위스키가
어울리는 커피의 품격

커피와 위스키의 절묘한 만남
이것이 멋지지 않은가
이 조합은
그래서 아이리시 커피이다

---

* Irish Coffee 아메리카노에 위스키를 넣어 만든 커피. 아일랜드의 공항에서 추운
  승객들에게 제공하던 커피에서 유래. 추운 겨울에 잘 어울린다.

골목대장

우리 동네 영화동 골목길에서 서면 안다
그가 하는 소리는 헛된 거라는 걸

그가 말했다
친애하는 시민 여러분
골프 좀 치게 조용히 해달라고
그래서 골플 못 친 적 있는지 묻고 싶다

서글퍼지는 장면이다
몰라도 한참 모를 수 있을까
의학적으로 뇌를 연구하고 싶다

잡것은 어디가나 잡 짓을 했다
아니 금수는 어디다 놓아도 금수 행위를 하지

지금도
그 지역의 골목을 열심히 지키고 있다
그래서 골목대장이다

산山

산 너머
산등성이
이어지는 산
넘는 구름

골골 깊은 골에서
탄생하는
산
억 만 년 변치 않고
그 모습 그대로였으면

시그널 램프Signal Lamp

한 사내가 Signal Lamp 앞에 서 있다
한 여자가 Signal Lamp 앞에 서 있다
여자아이가 Signal Lamp 앞에 서 있다
남자아이가 Signal Lamp 앞에 서 있다
아주머니가 Signal Lamp 앞에 서 있다
세탁소 아저씨가 Signal Lamp 앞에 서 있다
나이 지긋한 사람이 Signal Lamp 앞에 서 있다
덩치가 좋은 졸부가 Signal Lamp 앞에 서 있다
옆 집 문방구 아저씨가 Signal Lamp 앞에 서 있다
키가 좀 큰 빵집 아저씨가 Signal Lamp 앞에 서 있다
키 작은 문방구 아주머니가 Signal Lamp 앞에 서 있다
교복을 단정히 입은 여학생이 Signal Lamp 앞에 서 있다
유치원을 다녀온 아이가 엄마 손을 잡고 Signal Lamp 앞에 서 있다

그 Signal Lamp는 고장 나 있었다

아파트씨氏의 독백

12월 초하루 저녁 무렵 휴대폰에 문자가 왔다.
'일조권 침해 세대 주민 설명회' 건으로
전화를 달라는 공지문이었다 설명회 개요는 이렇다.
일시는 0000년 00월 00일(토요일) AM 10
장소는 단지 내 학습관 내 북 카페
　내용은 시뮬레이션 결과 발표와 소송 진행 일정 안내 기타 Q & A
설명회진행 법률업자 선정이다. 그리고는 다음 달 말일까지 의사
결정하라는 메시지였다.
　Z업체가 시공한 1단지 아파트를 60대 1로 나는 분양받았다 높이
29층으로 600 세대가 채 못 되는 작은 규모 단지이다. 그런 후 동
업체가 2단지 3 단지를 다음 해에 동시 분양하였다. 그것도 49층으
로 1단지와는 달리 2, 3단지는 세대 수가 많았다. 높이에서 세대수
에서 내가 분양받은 1단지를 겁먹게 만들었다. 나는 그렇게 높이 지
어 놓을 줄은 예상하지 못했다. 알았다면 분양 신청을 하지 않았을
것이다.
　지금 1단지는 이미 완료가 된 상태로 1년 후에 2, 3단지가 완공하
여 주민들이 이제 입주가 진행 중이었다. 그리고 1단지 주민들이 일
조권 침해문제로 2, 3단지 시공한 Z업체를 상대로 소송하려는 것이
다. 나는 개인이 커다란 업체하고 하는 소송해서 승산이 있을까 하
는 의구심이 들었다. 그건 또 다른 갈등일 수 있다는 우려를 생각해

본다. 1단지 해당 주민들이 갹출하여 변론비를 대면 법률업자
는 그걸로 변론을 할 것이다 법률업자가 심심해서 꼬드긴 결과
인가 아니면 공명심에 동대표가 추진하는 것인가 아무튼 소송
을 진행한다고 하니 보상이 어느 정도 있으리라 예상이 된다.
어차피 지어진 건물 해체할 수는 없잖은가.

나는 생각한다. 애당초 허가해 준 자가 문제 아닌가 라고 멀리
떨어져 지은 것도 아니고 1단지 코앞에 2, 3단지를 지어야 했는
가 이다. 업자들의 농간은 어디가 끝인가 쓸쓸한 미소만이 나올
뿐이다. 아내는 의미 없는 일이라고 한다. 내가 사는 1동은 2동
이 비스듬히 가려 조망권 보상은 소수일거라 한다.

그나저나 다음 달까지 결정해 달라고 하니 걱정이다.

비 내리는 포구

늦은 가을 날
비를 안고 바다로 향했다
바다에 비가 뿌려진다

바다의 모습은 푸르다는 게 아님을
비 내리는 바다에 오면 안다
아쉬움은 이내 헛됨을
익히 알던 바다는 사실 바다가 아니다
짭조름한 내음 빗물에 깊은 포용을 한다

잿빛 하늘 아래
푸른 바다를 생각함은
모르고 하는 말이다

비릿한 친구를 만나며
바다를 바라보는 눈길
처연하다면 슬퍼진다

바다는 나에게
또 다른 민낯이다
속살까지 드러내는

오늘 보고 간 바다는
언제 또 보려나
설레던 발길 돌리면
지금까지 바다는 거짓이었다

포구에 서면

11월의 저녁

어느 날
추워진다는 느낌으로 오는
거기 늘 있던 바람
다른 사물들보다 앞서
겨우살이 준비하는 바람
그 역마살이 춥다

키 큰 나무 서걱거리게 하며
너른 논 벼 그루터기에
허접한 것 뒤집어 쓴 허수아비 발 아래
새 몇 마리가 낱알을
연신 찾는다
주인 잃은 밀짚모자 하나
횅하니 바람을 벗하며
발목까지 물에 잠긴 갈대가

11월이 저문다
또 다른 시간을 맞이하는 즈음에
밥 익는 냄새 맡으며
오랫동안 지는 해거름을 바라본다

12월

12월
그렇게
차가운 햇살만큼이나 시린 날
국화 저문 곳에
지난 시간의 향기가 일렁인다

저 멀리 바라보면
긴 그림자 안고 내려오는 땅거미
햇살은 이미 기울었는데
눈송이는 처절하게 날린다

기다림에 앞서는 그리움
그리움은 더욱 알뜰해지는데
시간은 한 움큼씩 달아난다
그렇게
그렇게
또 한해가 저물어간다

12월은 국향 내음 한 모금 먹어야겠다

포천행抱川行 1

해갈되지 않는 몸뚱이
기진한 마음
외로워 할 여유조차 없었다
들려오는 악다구니
선지피 쏟아내듯 지르는 소리
오를수록 가빠오는 호흡
그래도
넉넉한 품으로 보듬어 주는 산자락이 있다

시간에 쫓기는 사내
그를 기다리는 아낙네
서로 몸추림도 알지 못하고 별빛도 조용하다

산등성이 너머에 신 새벽
골짜기로 천천히 밀려오고 있다
깊은 숨 몰아쉬면
어디서 왔는지
이슬 한 방울 몸에서 떨어진다

누군가 웅성거림
낯익은 그림자 그 목소리
닭 홰치는 소리
먼 곳에서 이리로
포근함을 안고 오는 사람들
아 사람 사는 세상
이게 포천으로 가는 이유이다

하루 그리고 어느 날

하루
이날은 길게 울고 싶었다
허나 속으로 삭히는 시간이
어느 날부터

나는 시대에 낙오자는 아니다
평범을 낳는 몸일 뿐
그러나
하루의 시간은 무척 길다
번민의 양도 그만큼 많아졌다
유행가 하나쯤 떠들고 싶지만
제대로 아는 건 얼마나 될는지
이 아픈 것이 또 다른 삶의 더께인가

갑자기 장미라는 이름이 그리워졌다
가시가 있는 꽃은
또 무엇이 있을까
가시는
자신의 아픔을 아우르는 살인가
남도 아프겠지만
스스로는 얼마나 아픔일까
장미는 그래서
아름다움으로 내치나보다 가시를 고통을

하루 그리고 어느 날
모질게 사는 게 아니라
고맙게 사는 게 주어진 삶이리라
그래서
하루
그리고 어느 날
평범을 낳고
더께가 되고
아름다움으로 내치나보다

포천부抱川賦 2

야심한 밤에 돈키호테를 보는데
창문을 두드리는 소리 있어
산초가 왔나
조심스레 들어 본다

산초는 자고 있는데
봄바람은 어디가고
꽃샘바람이 창을 시성이며
까망 바탕에 흰점이 분분

호병골 지나 멀리 왕방산
돈키호테는 부지런도 하지
비질하러 나서는데
산초 잠꼬대 소리에
분분한 춘설

꽃피는 소리를 이제는 알 수 있을까
여명이 지척이다

세모의 애상

지는 해 속으로
한 마리 새가 울고 가면
시린 겨울에
문득 그대가 다가서는 모습에 울었습니다

깊어지는 겨울 밤
외로운 가슴 속에
눈 내릴 즈음
따스한 군밤 한 움큼 쥐어주던
그대 사랑 그리워
오늘도 울었습니다

저문 하늘
별도 보이지 않는
잠든 세상

새벽달 시린 하늘
바닷가 한 점 섬으로 떠오르는
그대 그런 모습에 울었습니다

그대에게 가는 길

그대에게 가는 길
무척이나 서둘렀던 기억이 납니다
커피숍에 들어서니
그대 모습은 없었지만 섭섭하지 않았습니다
오지 않은 그대에게
기다림이란 사랑이라 말을 주고 싶었습니다
문을 밀고 들어오는 사람
문을 당기고 나가는 사람
하나하나 그대인 양
고개를 돌려 보았습니다
때론 손짓도 해 보았습니다
땅거미가 거리를 덮어 올 때까지
그대를 기다렸습니다
그대에게 가는 길은
어쩌면 그런지도 모릅니다.
삶이란 어차피 혼자 풀어가야 하니까
사랑 역시 누군가와 함께 풀어가야 하니까요

삶이나 사랑이나
매한가지 살아가면서 이뤄지는 것
야속함과 서운함이 묻어오는
감정은 그리움이죠
때론 아쉬움과 때로는 쓸쓸함
어긋나는 삶 때문에 아파하듯
사랑 또한 아파서 겪는 열매
그럴 즈음 속살이 드러납니다
사랑이

그대에게 가는 길
쓸쓸한 커피 내음 그리고 맛
갈구하면 더 멀어짐으로
아무 것도 해 놓은 것 없음으로 나타납니다
그대에게 가는 길은
너무 더디고 힘들지만
그대가 거기 있기에 가렵니다

애드벌룬이 있는

사람들은 일상을 마무리 할 시간이면 여유를 찾게 된다

현관을 보면
널브러진 신발 처박힌 우산 하나 색 바랜 실내화
짜증 없이 사는 게 용하다
거실을 가면
의자에 걸쳐 있는 옷가지와 먹다 남은 사과 그 껍질
과자 부스러기가 개미를 부르고 있는 풍경
그게 삶이라면 할 수 없다

자동차 열쇠가 안 열린다
키를 집어넣자 열린다
상당히 희극적이다 라고
이게 삶이라
한 번쯤 말 할 수 있어 좋다

양복 주머니에 있는 짝퉁 페라가모 가죽지갑 속에
운전면허증 사원증 몇 개의 카드
그리고 영수증이 지폐 속에 끼여 있다
두 서너 장 지폐는 구겨져 있다
이게 삶의 흔적이런가

손목에는 땀에 찌든 줄에 매달린 시계는
묵묵히 시침과 초침과 분침 사이를
아주 부지런히 돌고 있다
이 녀석은 고장을 모른다
다만 멈출 뿐이다.
이윽고 배터리를 바꿔주면 신나게 돈다
이게 삶이라면 좋다

애드벌룬을 높이 띄우고
젊은 처자가 율동을 하는 가게 앞
주민몰이 행사를 바라보면
왜 커다란 풍선은 있는데 작은 풍선은 없을까
아이들이 좋아 할 텐데
그런데 아이들은 없었다
나는 애드벌룬을 매달아 놓은 줄을
가위로 끊고 싶었다
저 넓은 세상으로 가고 싶은 걸
왜 매달아 놓은 건지
사물도 인간도 매달아 놓으면
너무 불편해 하는 걸
이게 삶이라면 할 수 없다

종소리

울리는 것은
무엇을 얻고자 함이 아니다
비움으로 채워진다는 믿음을
보여주기 위함이다

버리는 것은
피맺힌 비워둠
처절함을 보여주는 몸짓
그럼으로 울리는 소리는
나를 만들어지는 것이다

소리 내는 건
소리를 멀리 보내고자 함이 아니다
나를 버리는 일이다
나를 버리고 얻는 건
그대에게 가깝게 가기 위한 아픔이다

도시 일상

k는 사무실 창가에 섰다
달리던 차들이 멈춘다
이내 롤커텐을 내린다
적막감은 시간이다
얼마나 많은 시간을 보내야
이 도시를 벗어날 수 있는가
아무도 벗어난 사람은 없었다
신호등에 걸리고 횡단보도에 넘어지고
가로수가 가로막고
굴뚝 연기가 붙들어 매고
누구도 이 도시를 빠져 나서지 못했다

의문

어떤 함성인가
어디로 향한 외침인가
자꾸만 외쳐야 하는데
무엇으로 메아리 쳐 올 수 있는가
그걸 단순화시킬 수는 있는가
아니면
없는가
왜 그러는가 반추할 필요성은 없는가

모두가 외친 함성은
뭘 의미하고 있는가
또 어떤 인간을 향해 그 의미를 주고 있는가

모든 것들의 시선이 어디에 집중하고 있는가
그러면 난 어디에 초점을 줘야 하는가
오로지 한 점으로 향할 수는 있을 수 없는가
그러기 위해서는
나는 행동할 수 있을는지
한 개두 개
그런 류의 수치를 의식해야 하는가

사람들은 거리를 걸으면서
뭘 사고하고 있을까
모두다 하나일 수는 없을까

나는 어떤 함성을 외쳐야 하는지
의문은 꼬리를 물고 깊어만 간다

세한도[*] 단상歲寒圖 斷想

서늘한 분위기
궁핍함을 벗하며
미천하게 기거하는 공간
누리던 것들을 그만 두게 하는 시간들

뜨겁던 지난 날을 삭히며
추위
괴로움으로
입 다물며 침묵만이
가득 차는 차가움의 절정
위리안치圍籬安置
절대고도絶對孤島

벌써 몸이 더 추워진다
그래서 제주의 사월은 더욱 아프다

---

* 세한도(歲寒圖) : 추사 김정희 (秋史 金正喜 1786~1856) 국보 제180호
　제자인 역관 이상적(李尙迪)의 변함없는 의리를 날씨가 추워진 뒤 제일 늦게
　낙엽 지는 소나무와 잣나무의 지조에 비유하여 1844년 제주도 유배지에서 답
　례로 그려준 것

세태

줄리어스 시저의 죽음은
로마 시민에게 슬픔을 주지 못 했다

6·10*

민족
민중
민초
민이라는 단어가
다시 상기되는 날이다

양심의 눈물만이
세상의 모든 불순한 것을
정화할 수 있다
흔들림 없는 신념으로
냉엄한 현실을 극복하여 나가야 할 때
이 날은 더욱 떳떳할 것이다

---

* 1987년 6·10 국민 대회를 하루 앞둔 6월 9일, 연세대학교 앞에서 시위에 참여
하고 있던 이한열 학생이 경찰이 발사한 최루탄을 머리에 맞고 절명. 이른바 6
월 민주 항쟁의 정점일

산다는 건

바람
살고 싶다고 하는 말은
허무를 딛고 일어서려는 의지다

산다는 건
어디로 떠난다는 것인가

바람은 떠나기 위해 분다
저 세상을 사는 마음으로
이 세상을 사는 게 바람일 게다

이중섭李重燮[*]

그림이 너무도 좋았다
모두에게 얻어 쥔 여백을
오늘도 부지런하게 들고는 들로 향했다
부서진 기와에 색을 더 넣고
풀빛 나는 어린 시절에 청량리 병원도 그렸다

지금은 갈 수 없는 땅
그림은 그러한 고통을 잊게 해 주었다
그리기에는 어둠은 질감을 더 해 줘 좋다
너무도 많은 어둠이다
그리기에는 검정을 너무 써버린 거다

때 낀 와이셔츠에 단추를 보며
한 여인의 긴 호흡을 추억삼아
거닐던 해변가에 서서
떠난 가족을 그리며 모래를 만지작거린다
궁핍함에 바다는 너무 푸르다
고독감에 바다는 너무 깊었다
우울한 얼굴빛에서

* 李重燮(1916~1956) : 한국 근대 서양화의 양대 거목으로 불리며, 강인하고 굵
은 선감의 화풍이 특징

그려내는 자욱들 그리고 과거를
한 올 한 올 풀어서 삼킨
물새 날지 않는 해변가에는
저 부산포 바다를 다시 그릴 일이 없으니
뱃고동이 쓸쓸함을 그리고 있었다
그리고
정릉 골짜기
폭음 우울
초여름은 추웠다

이중섭,
그는
그림을 위한 처절한 순교자였다

평범

평범하다 라는 말
나는 무척 싫어해야 할 거라고 여겼다
랭보도 같은 생각을 가졌다

'평범은 영혼의 비약이 말살된 상태라고 할 수 있다'

거짓된 삶을 살 수는 없다
못 먹고 못 입고 살더라도
조금은 맘 편하게 사는 게 낫다
다소 소극적일지라도
그게 평범함이리니

기우제 祈雨祭

1
계절은 여름으로 치달았다
초복을 지난 하루
태양은 너무도 달아올랐다
계속되는 가뭄으로 산하는 거북등껍질
농심은 타들어가고 있었다.
쩌억 쩍 갈라지면서 나는 소리
마을은 깊은 심연으로 잠겼다.
주인 잃은 누렁이 두어 마리가
이리 기웃 저리 기웃
인적은 없었다

2
마을의 주봉인 성산봉에
질펀한 기우제를 해냈건만
어디에도 빗방울 그림자도 없었다
몇 년 만에 오는지도 모를 가뭄이었다
가채리 정찬이 아버지가 죽었다는
소식이 들렸다
이런 고약한 시간에 역질이라니

돌림병이 돌고 있다는 소식에
벌써 세 사람이 목숨을 잃었다
나잇살 먹은 남정네는
연신 겁불을 태워 연기를 만들어 냈다
장정 몇 명이
죽은 이를 메고 성산봉 골짜기에
거적을 덮어 놓았다
상가 집은 쓸쓸하였다
이런 시간에 아픔을 함께 할 여력이 있지 않았다

3
성산봉에 올라
기우제를 지낸 지도 일주일이 넘었다
누렇게 뜬 부황기浮黃氣 있는
아낙네들이 삼삼오오 마을 회관으로 모였다
그러니까 그믐달이 막 자리를 잡아들 무렵이다
회관 앞 오백년 묵은 느티나무 아래로
모여든 여인네들은 한마디씩 하였다.
'동상, 우리가 나서야 할까 봐 아니면 못 살아'
'성님, 그렇잖아도 그런 생각을 무쟈 했구먼요'
'그려 그 놈의 도깨비를 아작을 내야 한다니까'
'이 고약한 계절에 웬 괴질이 도져'
'금년도 나락 패기는 틀렸어'
'암튼 농사가 절단 난겨'
'괴질인지 엠병인지 달리 고칠 방도는 없지라'

'송이네 왔어'
'왜 그래요'
'송이 엄마가 젤 젊은 축에 들지 아마'
'아무래도 그렇지요'
'그럼 개짐*을 좀 내 놓아야 혀 효험이 있으니까'
'동네 애 울음소리가 언제 났는지 몰라'
'애 엄마 개짐이 젤 인디'
'그럼 그렇지 새댁하고 생과부 개짐이 효험으로 딱이지'

4
팽팽한 어둠을 깨뜨리는 소리가 터졌다
숟가락으로 양푼 두드리는 소리
꽹과리채로 양동이 때리는 소리
장구채로 양은 냄비 패는 소리
여산 송씨네 마을에서 언제 왔는지
한 무리 부녀자 농악대가 두드리는 소리
불협화음 수다 떠는 소리
한마디씩 해되는 말소리마다 울리는 한스러움
이 모두 어우러져
어둠을 몰아내고 있었다
온 마을을 휘감고 있었다

5
이럴 즈음에

_____

* 개짐 : 여자가 생리할 때 샅에 차던 헝겊. 다른 말로 '서답'

사내인 남정네들은
안방에 틀어박혀 있어야 했다
또한 남정네들은 밤부터 백주 대낮까지
문밖을 나올 수가 없었다
아낙네들이 하는 판 속에 얼씬거렸다가는
재수 없는 놈이 되고 만다

6
아낙네들은 장단을 두드려 소리를 만들어 내며
장대 끝에 매단 속 곳
붉은 색 띤 속곳을
휘익휘익 휘두르면서
마을 구석구석을 돌아 다녔다
밤이 그윽할수록
마칠 줄을 몰랐다

7
그 이튿날에도 비는 오지 않았다

신창행新昌行[*]

K는 오늘도 탔다
초여름 평일날 오전 11시
신창 가는 전철은 무척이나 한가하다
객차 한 칸에 스무 명 남짓이 노닥거리며 앉아 있다
그렇게 자리는 넉넉하였다
노랑머리 한 사내는
다른 사람이 놓고 간 신문을 주워 펼쳐보고 있다
다리를 대자로 뻗치고 앉아 있다
65세 이상은 무료라더니 흰머리가 내려앉은 사람이
경로석에 앉아 연신 하품을 하며
지나가는 풍경을 열심히 바라보고 있다
종일 타도 무료라더니 그렇다고 무작정 탈 수만 없었다
때가 되면 먹어야 하기에 종일 타는 건 쉽지 않았다
에어컨 바람이 적당히 등짝을 시원하게 해 주었다
사람들은 따분한 듯 스마트폰에 코를 박고 있었다
사람들은 지겨움 하품 늘어짐으로
지나가는 가로수 건물들이 아는 척 하지 않았다
K는 노랑머리 사내가 버리고 간 신문을 주웠다
그 기사에 그 사건

---

[*] 1호선 전철로 충남 아산 신창면까지 운행

그 사건에 그 인물
조간신문은 특정인물을 까대고 있다
아니 깐죽대고 있다
뒤집어 연예 코너에서 여자 반라 모습으로 있다
계절이 계절인 듯 비키니 모습을 보니
속에서 무엇인지 꿈틀거린다
갑자기 허리가 묵직함이 밀려왔다
누가 만지지 않았는데 예민한 것은 울렁거렸다
눈빛이 지면을 뚫어질 정도 바라보다 접자
금세 체중이 내려간 듯 묵직한 무엇이 사라진다
그래도 전철은 SRT나 KTX처럼 가 주질 않는다
그저 그 속도로 유지하며 달렸다
시간도 그럭저럭 그 속도로 갈 뿐이다
K는 딱히 내려야 할 역도 없지만
막상 내려도 갈 곳이 마땅치 않았지만
그것보다 동그라미가 없다는 점이다
세류역을 지나자마자 아직도 병점역이야
참 시간 더럽게 안 간다
언제 신창까지 갔다 오나
K는 두리번거렸다
시간은 죽어도 안가는 게 시간이라더니
오산을 지나자 불안한 듯 자리에 일어섰다
이내 주저앉는다.
평택도 안 왔는데 언제 신창역에 가나
푸념을 하며 창을 바라본다

신창까지 가고 싶다는 생각은 두어 전 주에 하였다
막상 실행하려니 따분하였다
아무리 무료 승차라지만
인생 자체가 허접한 생각이 들었다
신창에 가서 뭘 해야겠다는 건 없었다.
그냥 공짜라니까 먼 거리를 가고 싶었을 뿐이다
K는 버려진 신문 다시 주워 본다
기사를 보면서 태극기는 좋은데 성조기는 왜 있는 게야
푸념하면서 신문으로 얼굴을 가렸다
전철은 느렸지만 꾸준히 달리고 있다
신창으로

게르니카* 그리고 오월필적 고의

남의 나라 일이라도
우리는 알아야 한다
1937년 4월 26일
바스크 지역 한적한 작은 마을 게르니카
하늘에서 폭탄비가 내렸다
광장에 모였던 사람들 비명소리
피 흘리며 쓰러지는 사람들
쏟아진 포탄으로
한 도시가 피로 물들어지는 시간은 40여 분
사지가 떨어져 나간 사람
아이를 안고 죽은 어머니
살아 있는 모든 건 지옥 불바다
이튿날까지 불탔던 마을
3분 2가 사망하고 수십 명이 치명적인 부상
지금 그림 게르니카는
한 마을의 유일한 목격자이자 생존자이다
이질적인 구도와 불안함
차가운 서리 같은 흰색

---

* 게르니카Guernica는 1937년 화가 피카소Pablo Ruiz Picasso(1881~1973)의 조
  국인 에스파냐의 소읍 게르니카가 독일군에 의해 무차별 공격을 당했다는 뉴스
  를 듣고 격분하여 1937년에 그린 피카소 일대의 걸작. 전쟁 고발한 그림

우울한 검은색의 대비
한 인간의 포악함이 이렇게 잔인할 수 있을까
그걸 따르는 악다구니는 어디에나 있으니
그게 지금 우리의 모습

게르니카는 일반명사
어떤 도시든
어떤 장소와 시간이 될 수 있다는 사실
이제는 그리하지 말아야 한다는
살아 있는 메시지였으나
우리의 오월에 게르니카가 있으니
그렇게 오월은 지나갔다
누구 하나 내가 했노라
나서는 이 하나도 없었다
그래서 더욱 슬픈 오월
게르니카를 보면서 오월을
생각하게 하는 건 나만의 아집일까

3부

원왕생가顯往生歌*

원왕생극락顯往生極樂
원왕생극락顯往生極樂
먼저 간 그리운 사람들이 터 닦아 기다리고 있으리

짚신 삼아 살았던 광덕廣德
밭농사 짓고 살았던 엄장嚴莊
변함없는 우정은 서방으로
누구라도 먼저 닿거든 기다리마
약속하던 사람

솔 그늘 어둠이 잠기는
어느 날
창밖에서 들리는 광덕의 목소리
지금 정토淨土로 가노니
그대 잘 있다가 속히 따라오라
문을 열고 나서보니
하늘의 풍악소리 들리고 땅에 광명이 드리웠다

---

* 원왕생가顯往生歌 10구체 향가로 달을 서방정토西方淨土로 가는 사자使者로
  보고 그곳이 이미타불에게 귀의하고자 하는 간절한 소망을 노래한 불교 신앙
  의 노래

엄장은 장례 후
광덕의 집에 머물기를 청하였다

"10년을 살았으나 오직 수도에 전념
당신의 정토 바람(願)은
나무에 올라 물고기 얻으려 하니
남편은 한마음으로 열여섯 관十六觀을 행하다
달빛을 타고 서쪽으로 갔습니다
정성이 이 같으니 어찌 극락에 가지 않으리오"

광덕 관을 보니 동쪽으로 간다 할지언정
서쪽으로 간다는 것은 언감생심이오

부끄러워 조용히 물러난 엄장은
스승 찾아 법력을 청한 후
정관법淨觀法으로 타이르니
세신하고 뉘우쳐 스스로 꾸짖어
무량수불無量壽佛* 앞에 합장하여

원왕생
원왕생
그리는 이 기다리고 있으리

---

* 수명이 한이 없는 부처. 곧 '아미타불(阿彌陀佛)'을 높여 이르는 말

도명산*에 오르며

쉬명가명 도명산에 오른다
산의 시작과 끝은
많은 사연을 품고 있다

화양계곡, 화강암바위
송우암宋尤菴의 암서재巖棲齋
바위가 들머리에 자리 잡고

숨차게 오르면
갖은 절경이 펼쳐진다
학소대, 능운대, 첨성대, 금시담
그리고 채운암
마애석불이 멀리서 서있다

쉬명가명 도명산에 오른다
저 너머 낙영산이
손짓한다

---

* 충북 괴산군 청천면 화양리에 있으며, 높이는 해발 643m로천혜의 계곡 화양
  동을 안고 있는 명산

이윽고
키 큰 나무 작은 나무
서로 부대끼며 몸을 가누고
산의 속살을 채워가고 있다

제 살 주며 나누며
부대끼며 채운 게 세상이러니
그래서 또 산에서 배운다

포천부抱川賦 3[*]

절기는 입춘
매화는 피려나
까칠한 나무 결에 햇살 졸고
바람은 살지게 분다

한 마리 새
하늘에 날아와 봄을 뿌리면
다소곳한 가지에 꽃대 사이로
아지랑이
어른거린다

아직도 옷깃 여미며
차가운 기운 가리면
골목길 저쪽에서 아이들
따스한 웃음소리
조심스레 돌아보면
봄은 어느 새 작은 바람으로 오고 있다
포천에서

---

* 부(賦)는 한문문체의 하나로. 본래 ≪시경≫의 표현방법의 하나로서. 작자의 생
  각이나 눈앞의 경치 같은 것을 있는 그대로 드러내 보는 것이다. 즉 부는 시와
  산문의 중간에 놓는 형식

왕산사王山寺[1] 춘설

야심한 밤에 돈키호테를 보는데
창문을 두드리는 소리 있어
조심스레 들어 본다

산초는 자고 있는데
봄바람은 어디가고
꽃샘바람이 창을 서성이며
까망 바탕에 흰점 그린다

호병골[2] 지나 멀리 왕산사
주지는 부지런도 하다
비질하러 나서는데
동자 잠꼬대 소리에
춘설이 분분하다
꽃피는 소리를

이제는 알 수 있을까
여명이 지척이다
왕산사에서

---

1) 포천시 신읍동 왕방산王訪山 에 있는 절
2) 포천시에 있는 왕방산 가는 계곡이름

제망제가祭亡弟歌

그날은 눈이 잔뜩 뿌렸다
할 일 없는 강아지 웅크리며 낑낑거렸다
당신은 뭐가 그리 급했는지 다섯 남매를
차가운 바람에 두고 떠났다
차표는 제대로 끊고 갔을까

당신은 말기 암 시간
우리를 지켜보다 이별하였다
내린 눈은 천사는 아니었다
너무 차갑고 추웠다

이윽고 나는 입영열차를 탔다
논산훈련소는 폐쇄병동이었다
끊임없이 이어지는 악다구니, 무차별한 언행
밤새 목쉰 구호는 별들이 처량하게 보고 있었다

자대 배치 받으면서 지내던 즈음
날아온 쪽지 한 장
아우의 사망
눈물은 눈발을 지워내고 있었다
얼어터진 손으로 눈물을 훔치며
남루한 집에 와서야 아우의 부재를 느꼈다
어린 누이를 붙잡고 서럽게 울었다

살고 떠나는 게 어느 시점에 이르러야 갈리는지
철없이 떠나버린 아우는 어머니를 만났는지
부질없이 그려 보는 한 줌 그리움
마른기침이 대답한다
그렇게 가더라도 서운해 하지 말자고

오늘 따라 아우가 정말 그립다
그래서 푸른 하늘이 그리워진다

사강리沙江里*에서

낙조를 바라보고 있었다
바다는 또 다른 계절을 하나 막 키워 내고 있었다
저녁 안개를 풀풀 날리고
눈 덮인 논두렁을 얼마 남지 않은 햇살이 웃는다

바다의 일상은 짭조름했다
긴 영상이
이제는 하나의 풍경으로 자리 잡고 있다
저 편 언덕에 모래는
강어귀에서 바다를 만나고 있었다

벼 밑둥이에서 시작된
계절은 입동立冬을 앞두고 있었다
철 지난 들녘에 얼굴을 내밀던
봉지만한 온기도 사라져 버렸다
주위에는 갈대들이 서걱거리며 울었다

---

* 화성시 송산면에 있는 지명

지난 가을은 아무 것도 없었던 날이 많았다
이 들녘을 다 채우지 못하고 떠난 지난 햇살은
저편으로 사위어 갔다
바람이 그 빈 여백을 채우고
하얗게 만든 날
메마른 눈이 소리 없이 내린다

나는
사강리에서
또 다른 계절을
그렇게 맞이하였다

제대병 열차

눈(雪)이 몇 번인가 울었다. 전방 산 아래에 서 있는 위병소 건물
을 지나며 지난 시간대 낡은 기억을 되돌아본다. 그해 1월 하순
연병장 돌아보면 후드득 떨어지는 겨울 산 그림자.
벼 밑동을 보면서 계절의 소감을
맑은 하늘을 보면 같잖은 소회를
때로는 부질없는 기다림이 작은 희열을
부정기적으로 여백을 지우는 시간의 우울을
파장처럼 길게 늘어선 병사들 속에서 한 무리 군복 위에 시간
들이 들린다.
뒷산에서 아쉬운 듯 들리는 M16 사격 소리

이제는 돌아가려나 음침한 침상 밑 그림자를 지우며 떠오르는
또 다른 삶의 순간들 관물처럼 정리된 서글픔이런가.
젊은 날의 우중충한 초상화인가.
탈색되어버린 군복에 쌓인 좌절인가.
모포를 털면 지난 날 그리움의 잔상이 떠오른다.
지뢰에 꿈을 묻은 후임병이었던 동현수 일병의 잊을 수 없는
표정
가끔씩 낯선 장면에 명멸하는 조명탄 속의 별들

저문 날 부르는 유행가에 욱하니 올라오는 육허기
후렴 따라 쉰 목소리는 더욱 가라 앉아

움츠린 몸뚱이에 날 선 추억이 비켜 간다.
한참 지난 후 보면 이지러진 군모에 흐릿해진 계급장
또 다른 인생인지 씁쓸한 웃음이 일어나니
나 자신이 초라해지는 시간
지금껏 지탱해준 버팀목 하나가 쓰러지며
흙먼지 잔뜩 묻은 군화 속에서
그렇게 많은 시간 들려 줄 깊은 무엇이 뜨겁게 솟구친다.

이제는 간다. 고향 앞으로 아우의 죽음 그리고 지워지지 않는
서러움을 마지막으로 쏘아 보는 소총 표적지에 탄착점은 어디
에도 없었다.
나무에 서리가 천천히 쌓여 갈 때 삶의 지표선에 서서 두려움과
지독한 외로움을 만나야 하는 동초 근무 시 숨소리조차 큰 울림
으로 다가서는 산등성이를 넘어오는 여명 속에서 마른기침 하
나가 암구호인 양 들린다. 이제 더 큰 아픔을 두고 가라 한다.

언제 가려나 되뇌이던 지난 세월 내 젊음 한 획을 마치려 하니
처연한 아쉬움. 그 자리에 고이는 슬픈 군가 완전군장으로 무거
운 발걸음 옮길 때마다 단내 나는 입김에 가리는 하늘 한 편의
회상이 총을 겨눈다. '엎드려 쏴' 핸드마이크에 나오는 갈라지는
소리 격발소리 요란히 울릴 때, 나는 그녀의 얼굴을 지우고 있
었다. 탄착점은 행불이어도 좋다.
이제는 되돌아본다. 이 습기 찬 바닥을 떠나야 한다. 위병소를
지나자 열차가 움직인다. 웅성거린다. 이윽고 몸서리치는 거리
로 나를 데려다 줄 것이다.

해망동海望洞* 풍경

눈이 제법 많이 내리는 저녁

바다가 보이는 동네
이름하여 해망동
동네 주점에 불이 켜지고
낯익은 슬레이트 지붕 위로
히멀건한 태양이 쓰러진다
비린내, 소금기를 먹은 바람은
질척거리는 길모퉁이를 돌아
저 편 골목으로 사라진다.
싸라기눈은 어둠과 함께 내린다

트렌치코트를 후줄근하게 입은 사내 하나
저 편 골목에서 나온다
천천히 걷는다 아주
깔리는 눈과 어둠을 헤치고
지난 취기를 기억하며 걷는다

───────────────

* 군산시에 있는 동명

스산한 부둣가 좁은 길
나이 든 아낙네가 지키는 쓸쓸한 가게
30촉 백열전구 아래로
꾸덕꾸덕 박대 한 마리 날카롭게 매달려 있다
연신 흩어지는 가래 낀 기침소리
이내 문을 닫는다

때 구정물 옴팍 뒤집어 쓴 가게 입간판 지나
사내는 주머니에 손을 붙잡아매고
또 다른 골목을 찾아 기웃거린다

그렇게 눈은 내렸고 어둠은 짙어갔다
세상은 차갑고 캄캄해지고 있었다
그리고 바다는 보이지 않았다

대야역 大野驛*

언제부터인가
수탈이 지나갔던 역에 서면
가녀린 아쉬움을 속으로 삭히고 있다

너른 들녘에 일렁이는 바람
어디쯤 봄 와 있을까
행여 냉이 달래는 자라고 있을까
궁금하여 갔지만
이제는 역무원마저 졸고 있는
초봄의 쓸쓸함을 보여 준다
퇴락한 열차 안내판이 스산한 어울림
슬픔을 구억구억 삼키고 있다
나그네의 고단한 삶의 모습
촌로의 손처럼 서럽다
그 많은 미곡米穀들은 이 선로를 타고
장미동藏米洞에서 잠시 머물다가
서해 바람을 안고 사는 항구를 떠나
동지나 남태평양으로 얼마나 갔을까
세 칸 열차에 몸을 실으면

---

* 군산선 열차 군산에서 익산(이리)까지 23.1km 1912.3.6. 개통 2007.12.31.중단

농심들의 한 많은 속내를
투박하게 목 쉰 소리로 불러본다
갈라지는 목소리로 노래해 본다

힘겨워하는 한恨은
봄바람을 타고 넘어온다
대야역에서

그리움

새벽
창 두드리는 소리

짙어가는
꽃그늘 자리

차가운 공기

오늘을 즐겁게
하루를 여는
소박한 미소 주는 그대가
그리워진다

포천행抱川行 1

포천 읍내동 사거리에 서면
호병골 가는 길이 보인다
걸어가다 천변을 만나 따라가면
왕산사 나온다
산길을 오르면
왕방산王訪山에 이른다
포천의 주산主山
임금이 방문했다던가
아니면 천변에 서성이다 돌아갔는지
알 수 없지만
그 이름 예사롭지 않다.
호위 병사가 머물던 골짜기 호병골

왕방산을 오르면서
그 많던 왕들은 어디에 있는 걸까
스스로 물어보니
내 자신이 왕이 아닌가
자답해 본다
그렇다
내가 지금 사는 게 왕이잖은가
당당하게 살자 왕처럼

산판에서 소회所懷

뚱한 표정이 있는 무쇠난로는 한겨울을 두툼하게 막아준다. 공사판에서 나온 폐자재와 산판에서 지게로 이고 온 간벌나무를 아궁이에 넣는다.

지난 신문지에 불을 대자 활자들이 일제히 살아 움직인다. 장작들은 화려한 연기演技로 타기 시작한다. 서로 기대며 삶의 옹이마저 가볍게 불꽃을 만든다.

무쇠난로를 바라보는 거친 손이 산판 거친 것을 이겨낸 이력을 보여 준다. 불 뚜껑에 삼겹살 대신 목살을 올려놓는다. 익어가는 붉은 살점들을 뒤집어 놓으며 노릇노릇한 한 점을 집어 입에 넣는다.

침엽수는 그들대로 사는 방법이, 활엽수는 활엽수대로 살아가는 방법이 있다. 이들은 연통 속에서 피어나는 하얀 눈꽃을 흐뭇하게 바라보고 있다.

그루터기를 피해 자릴 잡는다. 산일하는 이는 안다. 베어낸 나무 그루터기를 밟지 않는다는 걸. 산일을 업으로 삼는 사내들은 소주를 기울이며 지난 일에 대한 소회를 풀며 웃는다. 이윽고 얼음 얼어 터진 산등성이를 겁도 없이 오른다. 지친 끝에 자리에 서면 얼얼해진 몸뚱이에서 흰 연기가 솟아난다. 저기 높은 산봉우리를 질주하듯 올랐다가는 눈물마저 얼어버린 시간을 만

난다. 눈덩이에 한 대 맞은 볼에서 화끈거림이, 미끄러진 뒤로
는 절뚝거림이 있어도 무쇠난로 먹이를 찾아야 한다.
그래도 눈이 내린다.
그래서 사내는 가슴으로 장작이기를 소망했던 한 사람의 아름
다운 불꽃이 되었다 .
서러울 만치 뜨거운 불꽃으로 타올랐다.

황태덕장에서 피어오르는 바다 냄새로 여인네들은 북엇국을 끓
인다. 사내들은 부스럭거리면서 은박지에 둘둘 싼 감자를 굽는
다. 잡으러 간 북어는 아직 오지 않았다.
그리고
눈이 내린다.

꽃도라지

어느 마을의 처자
꽃 시린 나이에
만난 사람
하루의 정 구만리
'아지랑이 아른거리는 봄날에 오리다'
떠난 임
길고 긴 시간
홀로 지내 우는 나날
서럽게 울었다

누군가 부르는 소리
뒤돌아보니
스산한 바람 속에
하양색 꽃이
처연하게 피고 있었다
이 가을에

서쪽으로 노을은

조심스레 다가서면
저만치 흐르는 노을

노을은 가을이다
잠깐 숨 쉬는 소리도
그것조차도 보듬어 안으려고 한다

노을은 고해성사하듯 속죄하는 마음으로
바라보아야 한다
그래야 또 다른 시간을 기약한다

노을
그 앞에 서면 죄인일 수밖에
유배지가 그리워 그리워하는가
용서 받길 원하는가

아픈 상채기 아물길 소망하며
여린 몸 일으키니
서쪽으로 흐르는 노을 발갛게 미소한다

기다림에 관하여

그대를 기다리는 하루는
낯 설은 기억

하나의 나무가 되고
나비를 맞으려고 피는 꽃송이

오늘도 그대를
그리워하는 또 다른 의미
기다림

왜
모두들
기다릴까
오지 않는
떠난 시간을

그리하여
한 줌 재로 변한
사연들마다
새겨진 이름
사랑의 또 다른 이름
기다림

꽃오랑캐[1]

어쩌다 제비꽃이란
이름은 어디 두고
모진 삶을 겪는 흔적인가
꽃이 필 즈음에 험한 꼴 당한 아픔인가
이름이 오랑캐꽃

애증
그 한 가운데
비너스의 시샘이런가
아티스와 이아의 사랑[2]

그래도 누가 했다죠
'제비꽃 필 무렵 다시 돌아가겠다고'[3]

그대는 아는지요.
성실함과 겸손이란 꽃말
이제는
제비꽃으로 부르길 소망한다

---

1) 제비꽃의 다른 이름이 꽃이 필 무렵 식량이 떨어진 무리들이 쳐들어왔다는 이
   유로 또는 꽃잎이 오랑캐 투구모양 비슷하다고 해서 부름
2) 그리스 신화 양치기 소년 인 아티스Attis 아름다운 소녀인 이아 사랑 이야기
3) 나폴레옹이 엘바 섬으로 유배당하자 제비꽃 필 무렵 파리로 곧 돌아가겠다
   고 함

포천 눈 내리는 날

한동안 뜸했던 날
소리 없는 편편들

흰 옷고름
풀어서 날리는 몸짓
뉘 향한 아름다움인가

오늘도 휘날리는
눈

포천에 눈 내리는 날
그리운 이를 생각한다

무량사無量寺 1[1]

아미타[2] 기도 도량
아미타유스와 아미타바[3]
무량수無量壽과 무량광無量光
지혜와 자비
아미타불은 두 덕德을 가진 자
내 서방정토 가는 길
오늘도 천 년의 풍경소리 잔잔하여
그윽한 적막함
석탑이 등을 안고
만수산을 바라보니
매월당梅月堂[4]이 반긴다

이제 왔는가
나직한 음성
목탁 두드리는 주지 손이 떨린다
갈 곳 몰라 하는 객 하나
소리에 스며드는
무량사

---

1) 충청남도 부여군 외산면 만수리 만수산에 있는 절.
2) 서방 정토의 극락세계에 머물면서 불법佛法을 설한다는 대승 불교의 부처
3) 산스크리트 아미타유스(Amitayus) 또는 아미타바(Amitabha)를 소리나는 대
   로 적은 것으로 아미타유스는 무량수, 아미타바는 무량광量光으로 번역하고
   있다.
4) 김시습金時習(1435~1493)이 1493년(성종 24) 이곳에서 죽자 승려들이 그의 영
   각影閣을 절 곁에 짓고 초상을 봉안하였다.

무량사無量寺 2

매월당을 알고 싶거든
무량사로 가게나
왜 사느냐 묻는
김시습의 고뇌를 알 수 있다네

초여름 날씨
뜨겁거든
무량사로 가게나
다른 곳에서 볼 수 없는
중품하생中品下生*하고 계신 분을 만나면
극락왕생할 수 있다네

석등을 보고 싶거든
무량사로 가게나
석탑을 품은 넉넉함이
오롯이 느낄 수 있다네
 출출할 때
무량사로 가게나
점심공양으로 된장국 비빔밥에
풍성한 불두화를 먹어 볼 수 있다네

---

138 * 극락정토에 왕생하는 구품 가운데 하나

오늘도 보리수는
중생을 보듬어 안으려고 넓게 크는
무량사로 한 번 가보게

그곳에 가면

보타니배이, 뉴캐슬, 킹조지사운드, 태즈마니아, 롯네스트섬,
멜빌섬, 노퍽섬, 동티모르, 누사페니다, 부루섬. 갈라파고스,
뉴칼레도니아, 모리셔스, 사할린, 해남도, 사도섬, 포크랜드섬,
제주도濟州島 대마도對馬島 백령도白翎島 추자도楸子島 교동도喬
桐島 진도珍島 위도蝟島 보길도甫吉島 흑산도黑山島 나로도羅老島
녹도鹿島 신지도新智島 임자도荏子島 남해도南海島 거제도巨濟島
이규보李奎報[1]이융李㦕[2]이혼李琿[3]이건명李健命[4]조관빈趙觀彬[5]
노수신盧守愼[6]김정金淨[7]김정희金正喜[8]신헌申櫶[9]이광사李匡師[10]
안조원安肇源[11]이대기李大期[12]최익현崔益鉉[13]송시열宋時烈[14]

---

1) (1168~1241) 고려 시대의 시인이자 철학자. 위도 유배
2) (1476~1506) 조선의 제10대 왕. 연산군. 교동도 유배
3) (1575~1641) 조선의 제15대 왕 광해군 제주도 유배
4) (1663~1722) 조선 후기의 문신나로도(羅老島)
5) (1691~1757) 조선 후기 문신.제주도 유배
6) (1515~1590) 조선 중기의 문신·학자 진도 유배
7) (1486~1521) 조선 전기 청풍 군수를 지낸 문신 진도 유배
8) (1786~1856) 조선 후기 학자. 북학파(北學派)의 한 사람 추사체(秋史體) 확립
   제주도 유배
9) (1810~1884) 조선 후기의 무신·외교가 녹도 유배
10) (1705~1777) 조선 후기의 문인 서화가 신지도 유배
11) 생몰 미상 조선 후기의 문인. 추자도 유배
12) (1551~1628) 조선 중기의 의병장백령도 유배
13) (1833~1906) 조선 말기와 대한제국의 정치인독립운동가, 의병장 대마도 유배
14) (1607~1689) 조선 후기의 문신·학자 제주도 유배

김만중金萬重[15]정약전丁若銓[16]조희룡趙熙龍[17] 그리고 조광조趙光
祖[18]윤선도尹善道[19]정철鄭澈[20]허준許浚[21]허균許筠[22]이홍위李弘暐
[23]까지

그 곳은 불안이 존재하고 혼돈이 내재하는 곳

호화스럽고 사치스럽고 넉넉한 장소는 아니다

거칠고 고통스럽고 낭만하고는 거리가 한참 멀다

그곳에 가면

누구나 이방인이다

이 세상 태어나는 순간부터

탯줄 끊어지는 순간부터

자궁으로부터 세상에 나오는

그날 이후

우리는 모두 이방인이다

---

15) (1637~1692) 조선 후기의 문신·소설가. 남해도 유배

16) (1762~1836) 조선 후기의 실학자. 흑산도 유배

17) (1789~1866) 조선 후기의 화가 임자도 유배

18) (1482~1519) 조선 중기의 문신.전남 화순지방

19) (1587~1671) 조선 중기의 시인·학자. 보길도

20) (1536~1594) 조선시대 중기의 시인이자 문신. 정치인, 학자, 작가 담양지방

21) (1539~1615) 조선 중기의 의관. 의주지방

22) (1569~1618) 조선 중기의 문신·문인 홍길동전 작가 함열 지방 유배

23) (1441~1457) 조선 제6대 왕. 단종 영월 유배

서래포구*

어릴 적
경포천 아래 있던
서래포구를 찾았다
그 날은 눈발이 심심함을 달래 주었다

선유도 무녀도 신시도 어청도 오식도에서
온 물고기를 흥정하던 웅성거림도
눅눅하게 말리던 박대의 비린내도
지금은 어디서 찾을 수 있을까

기억의 한 장면이
찢어져 가는 마음으로
그 포구에 서면
아직도
한 새우젓 소쿠리 머리에 이고 손에 박대 들고
처진 어깨 추스르며 돌아오는 당신 모습
욱하는 덩어리 가슴에 치밀어 오른다

---

* 지명. 한자어로는 경포(京浦)의 순우리말. 서울(京)자와 개(浦) 경포라고 함

아쉽지만
발길은 하구 둑으로 옮긴다

거창오리 저어새 되새 논병아리
강물 도도히 흐르는
갯벌을 뒤져가며
숨겨둔 보물을 찾고 있다

찬바람 속에서
나는 바라보고 있었다

그렇게 서래포구에서 서러운 한 해를 보내고 있었다

옛이야기

그 옛날 크레타 왕 미노스에게 숙부叔父인 바다의 신 포세이돈이 잘 생긴 황소 한 마리를 보내주었네. 암튼 황소 한 마리가 있었다네. 그 소가 예쁘다기 보다는 아름다웠다네. 그 소를 신의 제물로 드려야 하는데 견물생심이런가. 이 자가 슬쩍했지. 그리고 그저 그런 소로 신에게 드렸지. 이 때 아프로디테가 자기 제사가 시원찮다고 미노스의 처 파시파에에게 단단히 화가 났었지. 포세이돈도 화가 나서 미노스 부부를 혼내기로 작정했다네. 아프로디테는 사랑의 화살을 파시파에에게 쏜 다음 황소를 사랑하게 만들었다네. 어쩌겠는가. 이 여자 미치도록 황소에 달려드는 게야. 발정 난 암캐 마냥. 못 만드는 게 없는 다이달로스에게 청했던 거야. 다이달로스는 나무로 만든 암소 모형에다 진짜 소가죽을 뒤집어 씌었어. 그 황소가 암소로 알고 올라타 정액을 뿌릴 때, 모형 속에 파시파에가 들어 가 다리를 벌려 그 정액을 받았지. 그래서 탄생한 게 반인반우야. 적확한 표현으로 반우반인인 미노타우로스야. 머리는 황소, 나머지는 사람 몸뚱아리 즉 괴물이지. 웃기지 않아. 스핑크스가 여성형 괴물이라면, 미노타우로스는 전형적으로 남성형 괴물이지. 이 괴물은 인간을 잡아먹거든.

그래서 옛 이야기야.

미노스는 이 괴물을 다이달로스에게 부탁해서 만든 리비린토스라는 미궁에 가두었지. 그 괴물은 제물로 바쳐진 인간을 먹고 살았지. 즉 인신공양이지. 이 다이달로스는 이카로스의 아버지이지. 높이 날아오르다 밀랍이 녹아 인류 최초 추락사한 인물이지.

미노스는 원래 제우스 아들이지. 제우스가 황소로 변해서 요정 에우로페와 야합 후 탄생한 인물이야. 아무튼 재미는 있지. 미노스 아들 미노타우로스는 테세우스에게 죽게 되지.

그래서 우리는 미로迷路와 미궁迷宮은 알지.

우리가 지금 사는 세상이 어느 때는 미로이고 어느 날은 미궁이지. 그래서 우리 모두 튼실한 실타래 한 개쯤은 가지고 살아야 해. 그리고 미노스의 딸 아리아드네 같은 동지 하나쯤은 친구로 만들어 놓을 필요는 있지.

이게 현실이야.

녹우당緣雨堂*에서

땅 끝 마을 해남
해남 윤씨尹氏 종가에 서면
푸른 비를 만난다
그 곳은 오롯이 고산孤山과 공재恭齋의
치열한 예술혼이 살아있는 공간

고산의 증손자이자
다산의 외증조 되는 이
공재의 자화상을
만나는 기쁨을 맛 볼 수 있고
현판을 대구로 한 청우재聽雨齋
그림자 길게 있다

시각적 영상을 그린 녹우당
청각적 이미지를 살려내는 청우재
이리도 절묘한 대구가 있으리

_____

* 전남 해남읍에서 남쪽으로 4km 쯤 떨어진 고산 윤선도 유적지
  해남 윤씨 종가인 녹우당은 고산 윤선도의 고택으로, 전라남도에 남아 있는 민
  가 가운데 가장 규모가 크고 오래된 집이다

한 여름 푸른 비가 내리는 공간
시선의 흥겨움을 공간화하는 아름다움
떨어지는 빗물을 들으며
서가에 책을 읽으니
소리를 시각화한 당호
어느 게 형이하학이고
어느 게 형이상학인가

지금도
어부사시사 흥겨움이 나는 듯
공재의 살아 있는 눈매를 보면
나는 살아야 한다.
좀 더 많이 살아야 한다
온 몸으로 느끼면서

아내에게

오늘 추사秋史[1]가 쓴 망부가[2]를 한참동안 읽었습니다
그 가운데를 보면 이렇습니다.
'다시 오는 세상에는 부부의 역할을 바꿉시다
　(來世夫妻易地爲)'
라는 구절이 왜 이리 와 닿는지요
내가 여자가 되고
그대가 사내가 되자는
그런 애통한 마음
애절함이 끊이질 않는군요

당신에게 부족한
한 없이 모자라는
언제쯤 당신에게 보은할까
그게 걱정입니다

---

1) 추사秋史 김정희金正喜(1786~1856) : 북학파北學派의 한 사람으로, 조선의 실
　학)과 청의 학풍을 융화시켜 경학·금석학·불교학 등 다방면에 걸친 학문 체계
　를 수립했다. 서예에도 능하여 추사체를 만듦
2) 추사가 쓴 시 망부가 '도망처가悼亡妻歌'
　아내를 애도하며,도망처가悼亡妻歌 全文
　어쩌면 저승에가 월하노인에게 애원하여(那將月老訟冥司 나장월노송명사)
　내세에는 그대와 나 처지를 바꿔 태어나리(來世夫妻易地爲 내세부처역지위)
　나 죽고 그대 살아 천리 밖에 남게 하여(我死君生千里外 이사군생천리외)
　그대로 하여금 이 슬퍼하는 마음 그대가 알게 하리라(使君知我此心悲 사군
　지아치심비)

148 *추사 김정희는 憲宗 8(1842)年 11月 13日 그의 나이 57세에 유배지 제주에서 夫人 禮
　安李氏의 죽음을 맞으나, 한 달여 뒤인 12月 보름날 夫人의 訃音 소식을 받고 쓴 시

늙은 군인의 노래

젊은 날
그를 만난 건
자대 배치 후 인사담당관인 김가서 상사
그는 막걸리 한 잔으로
하루를 씻고 잠드는
담백한 군인
짭짤한 자반을 앞두고
먹는 막걸리는 궁합이 잘 맞는다고
웃음소리 헤프게 하는 모습

30여 년 제복으로 살아온 인생
누가 뭐라 해도
참 군인이었던 그가
나에게 토로하는
지난 삶에 대해
그래도 후회는 없다 되뇌이며
이제는 제복을 접어야겠다고
아쉬운 표정으로 말하던 그는
하루에 한 두 번씩 부른다는
'늙은 군인의 노래'*
언제부터인지 나 역시 따라 부르고 있었다

---

* 1974년 김민기 작사 작곡한 노래 70년 80년대 금지곡

집착

옛날 조趙나라 한단邯鄲땅에 기창紀昌이란 이가 살았다
그는 천하제일 궁술인이 되는 걸 소망하였다
천하 명궁의 꿈은 이루어지는 듯하였다
지사至射의 경지
불사지사不射之射 자리에 오른다

언어가 필요 없어지고
표정하나 변하지 않는
정적인 경지
행하지 않는 게 지위至爲
말 하지 않는 게 지언至言
쏘지 않는 게 지사至射

사십여 년 간 명궁인이었다
'쏜다(射)'는 말을
입으로 뱉은 적이 없었다
활을 쏜다는 걸 잊으면
쏜다는 자체가 머릿속에서 지워진다고

이 경지에 이름을
또 다른 집착
그건 명궁인이 되는 지난한 집착이리라

슬픈 사막 여우

어린왕자는
어디에 떼어 놓고
건조한 모래 바다를 헤매이는가

서글픔을 잔득 담은 맑고 큰 눈망울
바스락 소리에 예민해 하는 커다란 귀
야행하는 행동
잡식성의 식성
보호색을 지닌 것도
숙명으로 알고 사는 삶

이 모든 걸
인간의 욕심으로 보여지니
나만의 애틋한 생각일까
이제 한낮에도
주눅 들지 않고 살았으면
나의 소박함을 말해 본다

어느 오후

연극이 끝난 뒤
덩그렇게 남겨진 세트 더미
망가진 폐가의 모습
배우들의 움직임
서로의 대사
강렬하게 내리는 조명
잔잔하게 깔리는 음악
열정을 품어내는 장면들
모두 종료되면
씁쓸한 미소가 나온다

누가 '리어 왕'이고
누가 '니나' 캐릭터였는지조차*
가물가물하다
이걸 허무라고 하나
나의 허접한 기억력의 한계
유有와 무無 사이
오가는 삶의 편린
아 '노인과 바다'의 마지막 장면
앙상한 뼈만 남은 청새치
그걸 바라보는 노인
독특한 미술기법이 연상되는 모습

* 리어왕 : 윌리엄 셰익스피어의 희곡 〈리어왕〉의 주인공.
  니나 : 안톤 체홉 희곡 〈갈매기〉의 여주인공

연극의 시작도 종료도
인생의 한 단면
인정하기로 하자
우리네 삶의 현실인 걸

초여름 유월
아이스커피 한 잔에 흡족해 하고
울타리 붉은 장미에 감동하는
어느 오후 그게 전부다

대판성大阪城에서

대판 일명 '오사카' 성을 찾았다
성 들머리에
밉살스런 인물 하나가 동상으로 서 있다
풍신수길豊臣秀吉*이다
그 쪽에서는 영웅이란다
영웅이란 게
선량한 사람
무고한 백성을
살육해야만 영웅인가
예나 지금이나
성찰할 줄 모르는 게
오사카 성이 있는 나라의 본성이리라
선량한 사람을
재난에서 구해 내야 하는 인물이 아닌가
그런 인물이 진정한 영웅

좁은 세상을 조금
크게 보는 시선을 지녔으면 하는
나의 바람
성을 바라보면서
많은 사념은 부질없는 것일까

154 * 豊臣秀吉(도요토미 히데요시) 1537〜1598 임진왜란(1592) 일으킨 자

부둣가

방파제에 서면
삶들이 오만가지이듯
파도의 모습 또한 다 달랐다
사람들의 말(言語)들도 또한 달랐다
묵은 가래를 끌어오려 멀리 뱉어 본다
그 속에 울분 미움 검은 개념들을 함께 바다로
자유로움만 살아오라 외쳤다

선주는 어망을 연신 손질하며
다음을 소망했다
또 다른 배들은 다른 어항으로 통통거리며 갔다

사는 곳으로 차별 당하고
있고 없음으로 무시당하고

사는 게 힘들어도 미소 떠나지 않는 민초들
그 꿈을 위한 사소한 몸짓은 시작되었다
사랑하는 것
부두에서

종이비행기와 소년

소년이 있었다
그 소년은 보잉747 비행기를 자가용으로
세계 여행하는 게 꿈이었다

그 소년은
종이비행기를
3층 교실에서 연신 날렸다
꾸중도 많이 받았지만 그때 뿐

소년이 말했다
너 그거 알아
저녁 놀 속으로 날아가는 종이비행기
그 모습은 황홀감을 주지
매혹적이기도 하고
그 모습 그 유혹을 내칠 수가 없어

그 소년은 성년이 되어
그 꿈을 이루기 위해
열심히 살았다

어느 날 연화장에서
그 소년의 아들이 보는 앞에
한 줌 재가 되었다

꿈을 꿨던 소년은 어디에
종이비행기 날리며 했던 율동은
그림자 춤 이었을까

노을 속으로 날아가는 종이비행기

체 게바라*에 대한 소회

슬픈 아일랜드인 짙은 눈썹 먼 곳을 향한 눈 덥수룩한 머리 그
리고 베레모
서른아홉의 짧은 생애
1967년 시월 아흐레 날 볼리비아 시골마을 라이게라라는 허름
한 학교 건물
아홉 발 총성 그리고 절명
머리카락이 엉망인 채로 사내는 삶을 마감했다

지금은 어떤가
혁명의 메시지는 그 어디에도 없었다
소비로 전락한 표상의 현재
그도 그럴 것이
코뮤니즘은 매력을 잃어버린 단어이다

나는 생각한다
혁명은 이 세상 어디에도 휴머니즘은 아니다
이제 사르트르가 했던 말은 수정되어야 한다
총을 든 게바라보다
십자가를 멘 예수가
인간적이지 아닐까

---

* 체 게바라 (Che Guevara 1928~1967) 정치인, 아르헨티나 출신 공산혁명가

오늘도 쇼윈도에는 베레모를 쓴 그림
요란한 레온사인 불빛아래서 명멸한다

4부

재즈바

세계의 모든 재즈
그 바에
눈이 내린다

그대가 읊조린 바는 없고
스멀거리는 몸짓만 있다.
연금당한 식물이
우울한 눈빛으로 힐끗거린다

서서 볼일을 보는 아이들
흐느적거리며
눈발 날리는 거리를 나선다

이제
한 게임 하는 게야
눈이 말했다

재즈바에
재즈는 없었다
그리고 눈이 내린다

입적入寂

먹먹한 가슴
아직도 그런 심경
내 품었던 새 한 마리
푸르르 하늘로 날아간 지금
그립습니다
정말 보고 싶습니다
이제
따뜻한 계절이 되었으니
불일암佛日庵이라도 다녀와야
할 것 같습니다
아니 다녀오고 나서
아무 것도 버릴 게 없는
마음으로 돌아오고 싶습니다
그리곤 원왕생가를 부르겠습니다

어디 계시나요
이 따뜻한 계절에
당신이 그립습니다

자화상

1
그해가 양띠였다
바다가 있는 터에서 태어났다
나의 어머니는 선산善山 길씨吉氏
아버지는 인동仁同 장씨張氏이다
그러니까 두 분 본향이 한민족이다

2
적산 가옥에 살았고
그들이 만든 다다미방에서 놀고
그들이 만든 네모진 창문을 통해 밖을 보고
그들이 만든 미닫이문을 열고 드나들었고
그들이 만든 화장실 냄새를 맡으며 살았다

3
나는 사람들에 대해 낯가림을 하는 편이었다.
세상 사람들은 나를 미워하지도 않고 싫어하지 않았다
그렇게 지극히 평범을 지향하는 생활 그 자체였다
적어도 그 당시는 그러하였다.
어떻게 해서 대학을 갔다
그러나 그곳에서 만난 사람들 속물화 되어 있었다
세태영합 잡기 주류불문 연애

4
도서관에서 앉아 있을 때가
그래도 위로가 되었다
'그대가 희망하는 삶의 최고봉을 계속 성스러운 곳으로 여기며
똑바로 응시하기를 바란다.'라고
차라투스트라가 했던 언어를 상기하였다

5
지금은 시멘트로 쌓여 있는 곳에 살고 있다
처음부터 흙은 없었다
빌딩, 아파트, 양옥집, 온통 아스팔트 도시
그래서 성당에 가서 고행성사를 하였다
부질없는 행위라고 하지만
그래도 열심히 살아온 이야기를 하였다

6
아침에 일어나면 출근하기 바빴다
이제는 혼밥도 불편하였다.
어제는 성조기를 흔드는 사람들이 지나간다
이 땅은?
이곳에 사는 자인가 의심이 들었다
한 세기동안에 변하는 무리를 나는 보았다
아니다 변하는 데는 반세기도 충분하였다
그 후 촛불들이 지나간다
아쉬움이 속에서 올라온다

7
아침부터 구질구질 비가 내렸다
이쯤 되면 막 살았다고 할 순 없지만
자식을 성장시킨 마누라와 나는 그런대로 살아 왔다고 할 수
있다
비를 만난 미세먼지는 흩어지듯 시간을 안고 흐른다
하나의 삶의 과정이려니

8
도심지에 삶의 의미를 건지기 쉽지 않다
오직 오래된 연탄화덕이 있는 술집에
땀 비질비질 내며 먹는 얼큰한 삼겹살이 취흥을 돋운다
가로 질러 지나가는 바람이 시원하다
그러고 보니 남는 건 바람이었다
바람

'숨결 바람 될 때'[1]를 읽고

죽음을 앞 둔 사람의 의사의 글이다
문학이 얼마나
삶이 힘이 되어 주는가를 보여 준다

"멋진 신세계[2]는 도덕 철학의 기초 중요함을
햄릿은 사춘기 시절 위기가 닥칠 때 큰 힘
나보코프[3]
콘래드[4]
잘못된 의사소통이
사람의 삶에 얼마나 큰 영향을 주는지를

책은 잘 다듬어진 렌즈처럼 세계를
새로운 시각을 보여주는 가장 가까운 벗"

삶과 죽음을 넘나들며 힘들게 쓴 내용들
이 얼마나 치열한 삶을
살았는가를 보여준다

---

1) 폴 칼라니티 (1977~2015) 의사로서 투병한 2년의 가록
2) 올더스 헉슬리(1894~1963)가 1932년에 2540년의 세계를 상상하며 쓴 책
3) 나보코프(1899~1977) 러시아 작가
4) 콘래드(1857~1924) 폴랜드 출신 영국작가

그가 읽었을 작품들
다시 한 번 생각해 본다
그의 말을 빌리면
'정신적인 삶을 가장 잘 설명해 주는 것은 문학이다"

인고忍苦

봄에
꽃이 피고
싹을 내는 일은
보는 사람은 쉬운 줄 안다
산부産婦가 아이를 낳듯
산고産苦의 아픔을 갖고 있다

열매 후 낙엽 뒤에 오는 건
허공뿐이니
춥고 떨리고 외롭고

그 빈 칸을 채우는 건
이 모두를 견뎌 낸
인고忍苦 그것이다

세상은 그냥 되는 건 없다

인디언의 11월

꿈꾸었다
지난밤에 로또 당첨을
그건 겨울이 시작된다는 것이다
이러지도 저러지도 못하는 뒤척거림
11월 마지막 날
11월은 어중간하게 서 있는 시간이다

인디언들의 11월은
물이 나뭇잎으로 검어지는 달은 크라크족이
산책하기 좋은 달이라고 체로키족이
강물이 어는 달이라 한 히다차족이
기러기 날아가는 달이라고 키오와족이
만물을 거두어들이는 달이라고 테와푸에블로족이
모두 다 사라진 것이 아닌 달로는 아라파호족*

다 사라지는 계절에
더 쓸쓸함 보단
그래도 남아 있다는 표현이 와 닿는다
그래야 춥더라도 여유가 있을 터이니

---

* 백과사전, 인디언들의 달력 명칭 참고

해무海霧

신새벽
선창가로 나서면
바다 안개가 자리 잡고 있다
이곳에
한 번이라도 와 본 사람은 알 것이다

멍한 표정의 끔벅이는 소 마냥
쇠말뚝에 매여 옴짝달싹 못하는 어선들
동트기 전까지
답답함을 가지고 일상을 지배하고 있다
커다란 제련소 굴뚝
알코올 냄새 풍부한 주정 공장 연기
이 모두 안개는 휘감으며
낮게 내려와 흐릿한 햇빛을 만날 때까지
지배자처럼 미동도 없었다

이른 아침 길
길고 무거운 삶의 그림자가
공장 정문으로 이어져 가고
풀리지 않은 안개를 뚫고

노랑 유치원버스가 느릿하게 가고
교복을 느슨하게 입은 한 무리 학생
깜박이를 켜고 가는 택시
이어 몇 대의 자전거가 거리를 메우며 갔다
이 모두가 안개가 주는 선창가 주변 풍경화

이곳 안개는
처음 보는 사람들은
낭만의 거리라고 여겨 긴장을 늘어놓고
이리저리 몰려다니면서 안개에 몸을 맡기고 있다
희한하게도 안개는 이들을 안고
주정공장 정문 앞까지 놓고 갔다

안개는
공장 옆 느티나무가
모습을 완전히 드러낼 때까지
이 끝에서 저 끝으로 휘몰고 다닌다.
그러다 흐릿하게 안개가 사라질 즈음
사람들은 히히거리며 민낯을 드러낸다

아침을 한참 지난 후에
움직이기 시작하는 어선들이 내는
엔진소리와 품어 나오는 매캐한 연기
바다 저 끝에서 밀려온 안개는
어느 새 이런 연기를 품고

아주 천천히 지상 저 편으로 사라진다
연중 화창한 아침은 쉽게 오질 않았다
묵직한 흔적만이
이곳을 안개 나라로 만들고 있다

희뿌연 한 일상을 지나
윤슬*은 볼 수 없었고 땅거미 오면
아주 느슨하게 자리를 잡아가는 안개
눅눅함을 넘어서 축축함으로 이어졌다
그 순간 모든 게 녹아들었다
고압선 전신주도 제련소 굴뚝도 주정공장 정문도 젖어든다

로맨틱한 멜러물 판타지까지 가미된 선창가
걸쭉한 입담 아낙네가
드라마에 매혹 당하는 이유도 이것 때문일 게다
또 다른 무거운 얘기도 들려 왔다
둑길에서 낚시하던 사내가 빠져 죽었다는 것
안개를 뚫고 바다에 나갔다는 어부의 말
물개인 줄 알았다고

퀵 서비스맨이 멱살 드잡이 하며 쌈질하다
119에 실려 갔다는 말도 나왔다
그러나 그뿐이다
모든 게 선창가 사는 일상들 모습이다

---

* 윤슬 : 우리 고유어. 달빛이나 햇빛에 비치어 반짝이는 잔물결

그러나
누구 하나 안개 탓하는 이는 없었다
그만큼 이곳 정서는 안개에 녹아 있었다
그렇게 안개는 명물이 되어가고 있었다

이상한 건
이곳에서는 정오에 사이렌 소리가 울린다는 사실
정오 시계 바늘이 제련소와 주정공장 굴뚝은 닮았다
이즈음이면
고즈넉한 하게 서 있는 기둥에서
연신 새로운 안개를 만들어 내고 있다

잦은 기침
알레르기 비염
아토피성 질환
너무 심하게 생긴다며 떠나간 사람들
그것도 잠시
기억을 저편으로 안개는 몰고 갔다
다시는 선창가에서
떠난 이를 만났다는 사람은 없었다

신새벽
선창가에 서면
안개는 주점의 상호가 되고
식당 문짝이 되고 있다
스멀스멀 갯비린 내 풍기는

안개가 자릴 잡아가면
오늘도 묵직한 부채를 안고
일상은 굴뚝을 향해 간다
이 해안가의 삶의 일부이다
바다 안개는

떠남

그대
어제는 그렇게도
화려한 몸짓이 아니었더냐.

그대
이제는
아름다움 뒤로 하고
사랑을 그리워
땅에 뿌리는 게냐

그대
지난 간
봄 때문만은 아니리라

불갑사佛甲寺*엘 가보셨나요

참식나무가
먼저 반갑게 맞이할 게요
인도 승려 마라난타가
영광 범성포로 들어 와
첫 사찰을 만들었다는 절
십간十干의 으뜸으로 갑甲
그래서 절 중에 갑이라
불갑사佛甲寺라 한다지요

불갑사는 가을에 가야 한답니다
꽃이 현란하고 불타는 듯
화려한 왕관꽃 꽃무릇이지요
그냥 흔히들 상사화相思花라 불리지요
상사병에 걸린 젊은 승려
애달픈 사연을 담고 있으니
슬픈 사랑이죠

_____

* 전남 영광군 불갑면 불갑산 기슭에 있는 사찰로 384년(백제 침류왕 1)에 마라
  난타가 창건했다
  상사화로 유명함

그러고 보니
참식나무의 애틋한 사연과 꽃무릇의 이야기는
못 다한 사랑입니다
참식나무는 마리난타 고향나무죠

불갑사에 가보셨나요
애달픈 사연도 많지만
그게 인생이려니 하니
갑자기 이 가을에
꽃무릇 핀 불갑사에 가 봐야 할 것 같다

푸른 하늘

바실리 칸딘스키의 '푸른 하늘'*을 보면
중력 없이 떠다니는 물체들을 본다
푸른 하늘은
하늘인가 아니면 바다 속인가 얼어붙은 강물인가
그것은 허허로운 자유의 공간
아름다움이 자연을 만나는 공간

보이는 것
보이지 않는 것
보일 것 같은 것
그렇지 않은 것

푸른 하늘에 떠다니는 물체
인간이 보는 것은 물체이지
생각은 아니다

푸른 하늘은 가벼워지는 심사
어려워하지 말자
쉽게 다가서야 쉽게 이해된다

---

*바실리 칸딘스키 Wassily Kandinsky (1866–1944) 추상미술의 창시자로 알려진
  칸딘스키는 러시아에서 탄생. 이 '푸른 하늘(sky blue)'은 1940년 작으로 유화

어디에도 얽매이지 않는
자유로운 영혼의 남자
칸딘스키만 누릴 수 없다
나도 얽매이지 않는 자유로운 꿈을 꾼다

사람 되기

배추 무 파 부추 당근 마늘 갓 생강
임자도 육젓 생새우 까나리액젓
아내는 분주하게 움직인다
뭐 달라고 하면 가져다주곤 하는
나는 그저 수동태
마늘을 까서 찧어 달라는 말
부랴부랴 물먹은 마늘을 까서
확독에 넣고 연신 찧었다
곰이 마늘 먹었다는 이야기
사람이 되었다는데
사람 되어야겠기에
나는 부지런히 움직였다
아내는 그런 눈치는 아는지 모르는지
바지런하게 손을 돌린다
나 마늘 다 빻았어요
나 사람 되는 거야
하니 대꾸가 없다
나는 틀렸구나 하는데
한마디가 날아온다
김치 맛 들면 사람 될 거여

김치 맛있게 익으라고 소망하면서
뒷마무리 표 나게 했다
아내는 고단한 표정으로
오늘 사람 노릇 좀 했네
그 말이 고마웠다
살아가면서 사람 되기가 쉽지만 않다

신 누항사 新陋巷詞

가난에 젖어 사는 데
이력이 난
나는 오늘도
땅거미 깔린 시간 집에 들어서면
낯익은 얼굴마다 번진 웃음꽃
마음이 아리었다

늦게 온 사내에게 아내는
찬 없는 저녁을 만든다
오늘도 탈 없이 지냈구나
하루를 버티는 게 힘들었을 아내
희미한 등 아래
둥근 밥상에 둘러 앉아 먹는 늦은 저녁
숟가락 소리 거칠었지만
끊이지 않는 웃음소리

작은 창을 열자 들어오는 달빛
꽉 찬 공간에
더 없이 좋은 것
가난한 공간에 들어오는 안온함
별빛이 화창한 하늘 보며
내일은 더 많은 것들을
이 작은 둥지에 채우리

오늘 따라
아내가 고맙다
아름답다

불갑사佛甲寺*

마리난타가
이 땅에 첫걸음 했다는 불갑사에 가 보라
비릿한 갯내음만 있는 게 아니다

아무포阿無浦
부용포芙蓉浦
법성포法聖浦
영광靈光 그리고 굴비
나무아미타불을 머금고 있는 아무포阿無浦
불법이 연꽃처럼 피웠다는 부용포芙蓉浦
성인이 불법을 전래한 나루터 법성포法聖浦
깨달음의 빛이라는 영광靈光
그리고 비굴하지 않다는 굴비屈非

불갑사는
구월에 가는 게 제 격이다
불꽃같은 짙은 붉은색이
지천으로 꽃무릇이 맞이한다

---

* 전남 영광군 불갑면 모악리에 있는 절. 마라난타가 백제에 불교를 전래한 뒤
　최초로 세운 절

꽃무릇
꽃이 피다 진 다음에
잎새가 이어 나온다
꽃잎과 잎새는 영원히 못 만나는 팔자
서로 그리워하며 살아야 하는 팔자
열매 맺지 못하고 떨어지는 꽃

꽃무릇은 절간의 꽃이다
오월 하순 지나 뿌리 캐내
찧어 물감 만들어
탱화를 그려 놓아 영원히 살려했던가

불갑산
참식나무
묵언 정진 한다

내소사來蘇寺* 가는 길

지난 날 잔뜩 흐린 날
끝내 가보지 못했다
날씨 탓만은 아니다
바다는 흐린 하늘과
합하여지는 걸 마뜩찮은 표정이었다
시나브로 하나가 되었으면 했는데
이런 흐린 날에는

이제야 내소사 가는 길
바다가 손짓 하면서 맞는다
소금기 머금은 바람이
구부러진 길에서 앞장선다
드디어 길게 큰 전나무 길
속세 때 정화하는데
슬금슬금 따라 나서는 그림자
세속의 미련인가

---

* 전라북도 부안군 진서면 석포리 변산반도 남단에 있는 절. 원래는 '소래사'였으
며 633년(선덕여왕2) 신라의 혜구(惠丘)가 창건했다고 전한다. 당나라 장수 소정
방(蘇定方)이 이 절을 찾아와 군중재를 시주한 일을 기념하기 위해 절 이름을
내소사로 바꿨다는 설이 있으나 사료적인 근거는 없으며 믿을 만한 건 아니다.

일주문 지나며 떨쳐 낸 번뇌
천왕문 앞에서 합장 공양 올리며
여기 오는 이 모든 일 만사형통하옵고
극락왕생 극락왕생 하소서

대웅보전 이르니
보석 같은 연등이 피었다
나들이 나온 아이마냥
잠자리 하나 꽃잎에 서성인다.
한 무리 꽃등에 노니는 바람
아름다운 건 꽃이 아니고
경지에 이르는 해탈이러니

천년 사찰
오롯한 의지만이 이루어진다
색 바랜 단청이 정겨워지고
부처님 앞 합장하며 돌아서니
노송이 자리를 지키고 있다

극락왕생 하소서

골굴사骨窟寺¹⁾

바가지 깨달음을 얻은
원효대사를 만날 수 있는 곳

발우를 담은 자루 메고
삼복더위 벗 삼아
햇살 따가운 중턱까지 오른다
동해 쪽빛 물결이
삼거리에서 만나
감은사지感恩寺址와 기림사祇林寺와 골굴사로 나눈다
4번 국도에서 조우한
불제자가 한사코 골굴사 가보길 권하며
그곳에서 울력²⁾하고 오는 길이라 한다
뒤돌아 가면서 차수叉手³⁾하는
몸 매무새가 범상치 않다
하심下心⁴⁾하라 가르친

---

1) 경북 경주시 양북면 기림로에 있는 사찰. 한국에선 보기 드문 석굴 사원인
   골굴사는 불교 전통 무예인 선무도의 총본산으로 '한국의 소림사'로 불린다.
2) 울력 : 여러 사람이 힘을 합해 일을 함
3) 차수(叉手) : 합장으로 인도의 예법인데, 왼손으로 오른손을 쥐고 가슴과 약간
   띄어 젖가슴 높이로 올린다.
4) 하심(下心) : 자기를 낮추어 상대를 높이는 마음.나를 높은 곳이 아니라, 나를
   가장 밑에 있겠다는 마음가짐

불타 고운 심성이라 여기며
나의 갈 길을 재촉한다
남근석男根石이 여궁女宮과 합해
음양 조화로운 터에 자리 잡아
오늘도 선남선녀들이 부지런이들 간다
무욕청정無慾淸淨
접족례接足禮5)하며 드리는 마음 공양

절 마당에 불두화가 한창
동아보살이
한가로이 앉아 있다

마음 정진하라고
매월당이
따뜻한 미소를 보낸다

---

5) 접족례(接足禮) : 몸을 땅에 던져 절을 하면서 상대방의 발을 두 손으로 떠받
   드는 고대 인도의 예법이다. 자기 자신을 무한히 낮추며 삼보(三寶)에게 존경
   을 표하는 방식

외숙外叔

그 해 겨울 막바지
영하 10도가 넘는 날이었다
겨울 끝자락으로 가는 2월에 눈은 엄청 내렸다
하늘에는 눈구름을 연신 만들어지고 몰려다니는 폭설에 방송에
서는 대설주의보가 내렸다고 떠들고 있었다
그런 날 나는 부음을 들었다 그때까지 왜 운명했는지
왜 망자가 되어야 하는 지를 나는 알지 못하였다

대학병원 영안실에서 보이는 작은 유리창 밖으로 연신 눈길을
주었다. 정오를 지나자 눈발은 굵어졌다. 내리는 눈들은 자꾸만
달동네 주변으로만 몰려다닌다.
영안실의 온기는 나의 눈가를 풀리게 했다. 아이들은 자꾸만 밖
으로 나갔다가 한 움큼의 눈을 쥐고 왔다. 밤이면 어둠과 섞었
다가 또 다른 서러운 풍경을 만들었다.
시린 계절 가슴이 차갑다
그해 2월 삼촌은 몇 번의 밭은기침으로 살아있음을 드러냈다
그 후 다시는 들을 수가 없었다
젊은 날 나를 무척 살갑게 해 주던 모습. 항상 너털웃음 지으며
맞아 주던 얼굴. 이렇게 나는 대학병원 영안실에 밤을 하얗게
새우며 당신의 밭은기침과 말소리를 기억해 내고 있었다.

고인 길명철吉明哲 63세
삼가 명복을 빕니다

간현역艮峴驛*에서

긴 터널을 지나서
하나의 꿈이 담긴 곳을 찾았다
주변은 잿빛이다
육신은 회색빛이 아니다 라는 사실
하나만으로 역에 내렸다
철로鐵路 곧게 뻗어 있지 않고
철물鐵物이 그러하듯
휘어져 에움길 만들고
떠나는 손짓마다 보내는 마음마다
하나인 것을
어느 역인들 다를 겐가
하지만
바람이 그러하듯
서너 명 사람이 역을 지키고 있다
벌써 지쳐버렸는가
마음은 간현역 어설픈 공간
한 여름에는 많은 사람들은 들떠있다
무슨 파라다이스일 거라고

이제는 설익은 벼이삭 마냥
발길은 서럽다

192

* 간현역艮峴驛 : 강원도 원주시 지정면 간현리에 위치한 중앙선의 역 1940년 개
   역. 2011년 폐역이 됨

뱀

오늘 갑자기
뱀 생각이 난다

거리에 서면
간판 끝에 매달린 방울이 있어
소리를 낸다
간판 가운데 '비암집'을 찾았다
독사 살모사 능구렁이 누룩뱀
무자치 실뱀 유혈목이 칠점사 비바리뱀
징그럽다
에그머니나
징그럽다
뱀은 많기도 하다
사람도 많기도 하다

사람들은 징그럽다고들 하지만
뱀은 생식을 한다
상하거나 죽은 것을 먹지 않는다
뱀
길게 하면
비암
그 아름다움의 징그러움

우리네 삶 상하거나 죽게 하지말자
날 것 그대로
그게 진실이니

원색의 진리

이제 몇 날이라도 잃어버린 것을
찾는 시간을 가져야 할 것이다
그러기 위해서는 깨어 있어야 한다
깨뜨려져야 한다.
진한 커피향에 진한 삶을 생각하듯
취하진 말자
너무 흥분할 필요는 없다
흐려지니까
바벨탑은 무너졌어도
마음의 바벨탑까지 무너뜨릴 수는 없다

원색의 진리
산다는 주제는
모른다는 대답이 좋을 듯

변신變身

그건 또 다른 어른이었다
밀려오는 바닷가에 서 있노라면
삶은 부질없이 부서진다
한 움큼도 못되는 재를 만들고 사라지는
삶 그리고 긴 한숨
마지막 손짓으로 항거하다가
오늘이면 다시금 햇살을 받아낸다
그건 항상 수동적이기에 천천히 태양을 닮아 가고 있다

또 다른 여름과 함께 겨울이 간음을 일삼던 시절에
슬픔도 가시고
별의 떨어짐도 가느닿게 이어져
온 마음으로 받아내는 권태와 개념 사이에서
온갖 방황의 미각을 즐기다가
급기야 익명의 인간으로 되돌아
살아가게 되는 비극을 연출한다
사람의 중요성은
어차피 잃어버린 세태 속에서
닳아빠지는 집단의 종속에
낙오된 분신
죽었던 발생적인 사건
습속화 된 신화는 현기증을 일으켰기에 다행이다

또 어른이 되었다
반대의 언어가 난무하였다
창의성을 상실한 육체
동화되어버린 진세塵世 때문은 아니다
그건 인간 갈증 관계이다
최대한 자탄적인 습성이어야 한다
그러기에는 너무나 늙었다

미륵전彌勒殿 앞 배롱나무

금산사 미륵전* 앞
팔월의 태양의 열기로 인해
배롱나무가 불타고 있었다

천 년이 넘는 미륵전 앞
절 마당에는
노래를 부르는 여인네가 있다
온통 진홍빛으로 몸을 두르고
이 붉은 몸뚱이를 봐 달라고
오가는 중생에게 손짓 한다
이렇게라도 해야
할 것 같다는
배롱나무의 붉은 음성이 들린다

맵시 좋은 여인네가
붉은 색으로 치장하고
지나가는 중생을 유혹하듯 서 있다
염천지하 복날에 태양은
이다지도 고운 색깔을 만들고 있다니
경외스러울 뿐이다

---

* 미륵전彌勒殿은 전북 김제시에 금산사에 있는 누각이다. 국보 제62호 문화재
로 천년이 넘는 사찰로 미륵신앙 중심

미륵전 앞 배롱나무
묵언정진
불타며 열반에 드는데
나는 그저 바라만 보고 있다

거울

민 낯
어느 날
거울을 아침 식사 전
자리에서 일어나서 보았다
낯 선 얼굴이다
언제 보았던 적이 없던 모습
덩그렇게 서 있다
왜 이리
낯설다
그리고 어렵다
더불어 오는 두려움
그 속에는
찌든 삶의 자욱이 있었고
내가 싫어하는 인물이
무거운 모습으로 잔뜩 있다
그리고 웃었다
그래도 행복했다

이름이 있다는 게
저 속은 무명이거나 무행하거나

당나귀 귀 이야기

옛 이야기로 경문왕[1] 스토리를 들려줄까 아마 저쪽 지역에서는
프리지아의 왕 미다스도 그렇다지. 어쩌면 악마처럼 생겼는지
도 모르지. 대나무가 서로 부딪치며 내는 소리의 주인공이기도
하지. 이 왕의 이야기를 하자면 이름은 응렴膺廉 또는 凝廉 희
강왕僖康王[2]의 손자이고, 어머니는 광화부인光和夫人으로 신무
왕神武王[3]의 딸이기도 하지. 이 왕의 부인은 문의왕후文懿王后로
헌안왕憲安王[4]의 딸이지. 두 사람 사이에 큰 아들 황滉으로 정강
왕定康王[5]이고. 둘째 아들은 정晸으로 헌강왕憲康王[6]이 되고. 왕
을 못한 윤胤이 있으며 딸로는 이름이 만曼으로 후에 진성여왕眞
聖女王[7] 되는 한마디로 대단하고 방방 뜨는 집안이지.

---

1) 경문왕 신라 제48대 왕 (재위 861∼875)선대왕 헌안왕이 아들 없이 죽자, 사위
　의 자격으로 왕위에 올랐다
2) 희강왕 신라 제43대 왕 (재위 836년∼838)
3) 신무왕 신라 제45대 왕 (재위 839)
4) 헌안왕 신라 제47대 왕 (재위 857∼861)
5) 정강왕 신라 제50대 왕 (재위 886∼887)
6) 헌강왕 신라 제49대 왕 (재위 875∼886)
7) 진성여왕 신 제51대 왕 (재위 887∼891) 신라여왕 3명의 여왕 중 마지막 왕

그런 왕이 어느 날 갑자기 귀가 길어진 이유를 아무도 모르지. 그런데 저쪽 지역에서는 아폴로가 미다스의 귀를 당나귀처럼 만들었다지. 경문왕도 그러했을 게야 거부할 수 없는 절대신이야. 그렇지 않고서야 당나귀 귀가 되겠으며 한 줌 움켜잡으면 모래처럼 빠져 나가면서 이야기를 잠재우지 못하고 천년동안 이어져온 바람(風)은 지금도 유효하지. 판과 아폴로와 싸움의 승자는 물론 아폴로겠지. 그러나 미다스는 아니다 라고 외쳤다지. 가진 자들의 훼절함을 외친 거지. 문제는 가진 자들이야 작든 크든 뭔가 지닌 이들이기에 이야기는 재해석되면서 생산성을 높이지. 우리는 그게 재밌는 얘깃거리라고 여기고 살지. 그 속에 또 다른 음모가 있는 줄을 모르면서.

겨울 스케치

유년기 배앓이는 그렇게 지나갔다
창호지 두드리는 바람이 긴 긴 밤을 더욱 춥게 했다
할머니는 백발을 쓸어 올리면서 무청을 말리고 계셨다
가끔씩 푸른색을 띤 무 한 조각을 주셨다
문풍지가 서럽게 우는 날
고사리 손으로 할머니의 젖무덤을 찾았다
할머니는 꼬옥 안아주시며
바람은 바람이다 조금만 기다리거라
바람이 울면 눈이 된다고 하셨다
너는 살면서 울음을 참지 말거라
더 큰 기다림을 위해 울어야 한다고
자정을 알리는 사이렌 소리가 마당을 지날 즈음
할머니는 주름진 손으로 배앓이 하는 배를
문지르며 이 손은 약 손하며
깡마른 대추 하나 입에 넣어 주셨다

굽은 어깨
30촉짜리 전등
어둠을 태우고 고단한 한숨을 날리시던 밤
한 줌으로 무너져 내리는 당신의 그림자

그 유년의 아이와 할머니는 너무도 많이 떨어져 살고 있다
지금 오래된 기억을 되살리고 있었다

수로부인水路夫人*

이 여인의 정체를
알고 있는 이 있을까

지아비 임지 길 따라 갔다 가
천길 벼랑에 핀 꽃에 욕심 부렸다
어떻게 깎아지른 높은 곳
꽃을 꺾어 달라는 말이 나올까

아비의 힘인지
아니면 지아비의 배경인지
그때나 지금이나
딸랑거리는 애들이 있었거든

여러 사람이 꽃을 꺾어 왔지
그 가운데 소 몰고 가던
나잇살 먹은 이
꽃을 받았던 여인

─────────

* 향가 헌화가(獻花歌) 배경설화에 나오는 여인

아마도 세월도
멈출 수는 없었을 게야
지금 뭘 하고 지낼까
어디에 살고 있는지
아는 이 있거든 알려 주길 바라오

혀의 근육

도시의 가로등이 제 역할을 할 즈음
집으로 오면 TV에서는
앵커가 하루 일을 중얼거린다
광고가 나온다
말(言) 말(言) 말(言)

혀 근육이 두꺼워지는 순간들이다
입안에 이질감이 주는 조금 성가신 혀가
이내 어둠을 안고 쓰러진다
하루가 밝으면 이질스러운 존재가 움직인다
그 언어를 만들어 낼 때
두꺼운 근육이 보이지 않게 움직임이 빠르다
이윽고 때가 되어 음식이 들어오면
머쓱한 근육은 또 다른 율동으로 움직인다
말(言)을 만들어낼 때와는 다른 동작이다

기능을 알 수 없을 만큼 근육 끝에서
온갖 악다구니가 만들어질 때
뱀의 혀가 두려웠다
나의 혀는 무섭다 통제불능이다
연체동물이 이동하듯 소리 없이 움직인다
낮이면 낮대로
밤이면 밤대로
나에게서 떠나지 않는 혀
놀라운 혀의 근육은 온갖 음모를 만들어낸다

조용하다
그렇게 하루가 간다

어머니

미나리꽝에 가면
언제나 당신의 모습이 있었다
장바닥에 가면
스무여 단 열무 꾸러미 쌓아 놓은
당신의 얼굴이 있었다

마을 들머리에서
눈발 날리는 낮은 언덕에 서서
이제나 오시나
발시림 동동거리며
기다리는 손 비벼 가면
당신의 모습은 없었다

빈 방에 울다 지친 누이는
낡은 이불 반쯤 접다 쓰러졌고
미나리꽝에서 오는 두런거림은
매정하게 찬바람 몰고 창가를 스쳤다

지금은 지난 시간
이제는 어디에도 당신 그림자
찾을 수 없고
눈가에 뜨거운 마음만 흐르며
긴 아쉬움만이
나의 유년을 기억한다

만가挽歌

어머니
낯선 얼굴

나를 낳고도 그랬을까

어머니 손
잡고
잡아 보아도
잡히는 건 바람

어머니
바람
나
또한 바람 되리

절조節操와 염결廉潔의 서사적敍事的인 시학

(장진張鎭 시집 『아이리시 커피』를 중심으로)

윤형돈(시인, 문화평론가)

자고로 시를 매개로 실현코자 하는 시인의 소망은 무엇일까? 소위 '좋은 시'들의 씨앗 속에 배태한 시맥詩脈의 기운은 세속적인 것과는 사뭇 그 종자種子가 다르다. 그것은 어쩌면 청렬淸洌하고 건강한 발아의 기운이 시 정신으로 무장한 염결廉潔과 절조節操를 중요시하는 선비정신과도 상통한다. 다산 정약용 선생은 20년 유배생활 동안 공부하고 또 공부하다가 복사뼈에 세 번이나 구멍이 났다는 과골삼천踝骨三穿의 주인공으로 회자된다. 두 무릎을 방바닥에 딱 붙이고 학문에만 몰두하다보니 생겨난 신성한 노동의 결과물인 것이다. 여기서 시 쓰는 일은 언어의 절차탁마切磋琢磨 못지않게 정신의 수련과 담금질을 필요로 한다. 시인은 언어를 다루는 기술자이기 이전에 고난도의 정신

세계를 맴놀이 하는 연금술사여야 한다는 말에 공감하는 이유
다. 따라서 훌륭한 시 속에 담겨있는 시인의 가치관은 어떤 선
험성과 초월적인 경지에 까지 이른다. 현세적인 것을 극복하고
자 하는 시정신은 '곧음'과 '깨끗함' 그리고 자연 친화의 안분지
족과 무욕청정의 '맑음'이 바탕이 되는 것이다.

　각고의 습작과 글쓰기 수련 끝에 마침내 첫 번째 시집을 상재
하는 장 진 시인의 경우, 유난히 각주脚註가 많음에 놀란다. 한
마디로 장시인의 시편들은 열심히 공부한 면학도의 성취물이
다. 그것은 시의 발원이 객관적인 정보나 지식에서 비롯되기 보
다는 화자의 주관적인 경험이나 정서적 양태에 기울기 때문에
도 그렇다. 시의 본업이 기발한 비유나 역설, 상징 등에 의존하
는 것은 그 다음 문제다. 시의 기본을 숙지하고 있음에도 불구
하고 시인의 각주는 어쨌든 본문의 어떤 부분을 설명하기 위하
여 아래쪽에 따로 달아놓는 풀이 이상의 의미를 부여하고 있다.

아일랜드는 슬프다

1845년 대기근 이야기
수난의 역사에서 커다란 장면
이웃은 모른 채
수백 만 아사餓死에 대한 이야기는 많다
그래서 그런지 유난히 슬픈 사연이 많다

아이리시 커피

에스프레스와 위스키 한잔
3대 1 적당한 비율
갈색 설탕을 넣고
그 위에 두텁게 생크림을
살짝 얹어 놓은 커피
이 때 아일랜드 산 제임스위스키가
어울리는 커피의 품격

커피와 위스키의 절묘한 만남
이것이 멋지지 않은가
이 조합은
그래서 아이리시 커피이다

― 「아이리시 커피」 전문

　게오르그 루카치Georg Lukacs(1885~1971)는 사회적 역사적
현실에 대한 정확한 미학적 이해가 리얼리즘의 전제라고 말한
다. 인간이 사건 속에 살고 있다면 시 또한 사건과의 접촉으로
만들어지는 것이고 실제로 시 속에는 이와 같은 사건이 배어있
다. 역사적인 사건으로 글을 쓰면 자연스럽게 서사시 형태를 띠
게 마련이다. 어떤 민족 집단의 흥망성쇠를 읊은 시의 유형은
대개 이야기체에 가깝다. 어찌 보면 산문과 시의 경계를 교묘
히 넘나들고 있다 휘트먼은 말했다 '책과 교회와 학교에서 가르
친 것을 다시 음미하여 당신의 영혼이 미워하는 것을 쫓아내면

당신의 육체도 시가 될 것이다'라고. 학교를 정년퇴임한 지 얼마 안 되었고 그 학구적인 기운이 생활화된 장 시인에게 이보다 더 핍진한 말은 없을 것이다. 포문을 여는 시는 '아일랜드는 슬프다'란 역사적인 거대 담론으로 시작해서 아이리시 커피 레시피recipe란 일상의 조리법으로 싱겁게 끝난다. '커피와 위스키의 조합'이 아일랜드 '수난의 역사'와 어떤 함유含有를 담고 있을까? 시인은 간단히 그 해답을 일상적인 조리법으로 풀어낸다. 이처럼 리얼리즘 시는 일정한 자기반성을 거치면서 서정성의 회복과 언어미학 탐구에 관심을 기울이는 것이다. 그러나 여기서 간과하지 말아야 할 것은 시는 상상력의 문제요 리얼리즘이 없다는 사실이다.

성산봉에 올라
기우제를 지낸 지도 일주일이 넘었다
누렇게 뜬 부황기浮黃氣 있는
아낙네들이 삼삼오오 마을 회관으로 모였다
그러니까 그믐달이 막 자리를 잡아들 무렵이다
회관 앞 오백년 묵은 느티나무 아래로
모여든 여인네들은 한마디씩 하였다.
'동상, 우리가 나서야 할까 봐 아니면 못 살아'
'성님, 그렇잖아도 그런 생각을 무쟈 했구먼요'
'그려 그 놈의 도깨비를 아작을 내야 한다니까'
'이 고약한 계절에 웬 괴질이 도져'
'금년도 나락 패기는 틀렸어'

'암튼 농사가 절단 난겨'

'괴질인지 엠병인지 달리 고칠 방도는 없지라'

'송이네 왔어'

'왜 그래요'

'송이 엄마가 젤 젊은 축에 들지 아마'

'아무래도 그렇지요'

'그럼 개짐을 좀 내 놓아야 허 효험이 있으니까'

'동네 애 울음소리가 언제 났는지 몰라'

'애 엄마 개짐이 젤 인디'

'그럼 그렇지 새댁하고 생과부 개짐이 효험으로 딱이지'

– 「기우제祈雨祭」 부분

  가뭄이 들었을 때 비가 내리기를 기원하는 마음은 당연한 지
역 주민의 인지상정이다. 시인은 간절한 비 내림의 희원을 점층
적인 에피소드 형식으로 재현해 놓았다. 농민의 생사를 좌우하
는 것이 농사이고, 그 농사를 좌우하는 것이 비였기 때문에 '기
우제'에는 가능한 모든 방법이 동원되었을 것이다. 계속되는 가
뭄으로 논밭은 거북등껍질처럼 갈라지면서 농심은 타들어가고
마을은 심연의 나락에 빠졌다. 기우단을 차리고 '기우제'를 올려
보지만 기별이 없고 역질疫疾과 돌림병에 목숨을 잃기도 하고
동네 아낙들은 마을회관으로 모여 갖은 궁리를 다 짜낸다. 괴질
을 막기 위해선 달거리 헝겊인 개짐을 내 놓아야 할 막판 지경
까지 이르렀다. "애 엄마 개짐이 젤 인디" 예저기서 공허할 뿐인

대책을 내놓고 우요일雨曜日을 따로 만들고 쑤군대고 꽹과리로
장구채로 굿판을 벌여보지만 해갈은 도무지 감감 무소식이다.
남정네는 부정 탄다고 문밖에 나올 수도 없고, 아낙네들은 볼품
사납게 속곳을 휘두르면서 마을 구석을 누벼보지만 '그 이튿날
에도 비는 오지 않았다'로 결말이 난다.

연작시 형태로 하나의 주제 아래 단막극의 혹은 비극의 구성
형식을 띠고 '가뭄 이야기'는 동네 아낙들의 질박한 희곡적인 대
사를 가미하면서 반전을 거쳐 클라이맥스의 결말을 향하여 파
국지세로 치닫는다.

남의 나라 일이라도
우리는 알아야 한다
1937년 4월 26일
바스크 지역 한적한 작은 마을 게르니카
하늘에서 폭탄비가 내렸다
광장에 모였던 사람들 비명소리
피 흘리며 쓰러지는 사람들
쏟아진 포탄으로
한 도시가 피로 물들어지는 시간은 40여 분
사지가 떨어져 나간 사람
아이를 안고 죽은 어머니
살아 있는 모든 건 지옥 불바다
이튿날까지 불탔던 마을
3분 2가 사망하고 수십 명이 치명적인 부상

지금 그림 게르니카는
한 마을의 유일한 목격자이자 생존자이다
이질적인 구도와 불안함
차가운 서리 같은 흰색
우울한 검은색의 대비
한 인간의 포악함이 이렇게 잔인할 수 있을까
그걸 따르는 악다구니는 어디에나 있으니
그게 지금 우리의 모습

게르니카는 일반명사
어떤 도시든
어떤 장소와 시간이 될 수 있다는 사실
이제는 그리하지 말아야 한다는
살아 있는 메시지였으나
우리의 오월에 게르니카가 있으니
그렇게 오월은 지나갔다
누구 하나 내가 했노라
나서는 이 하나도 없었다
그래서 더욱 슬픈 오월
게르니카를 보면서 오월을
생각하게 하는 건 나만의 아집일까

– 「게르니카 그리고 오월」 전문

게르니카Guernica는 1937년 화가 피카소Pablo Ruiz Picas-
so(1881~1973)의 조국인 에스파냐의 소읍 게르니카가 독일군에
의해 무차별 공격을 당했다는 뉴스를 듣고 격분하여 1937년에
그린 피카소 일대의 걸작 중의 으뜸이다. 전쟁의 비극을 고발
한 작품으로 폭격 당해 쓰러지는 사람들의 절규가 절제된 색채
와 평면 구성이 돋보인다. 정형적이지 않은 인물과 대상의 표현
이 어딘가 괴기스런 분위기는 아마도 작품을 구성하고 있는 평
면적 특성 때문일 것이다. 거의 흑백 톤의 칼라만을 사용하면
서 공포와 긴장감을 극대화 내면화시켜 그 아비규환의 절대적
인 비극성을 감상자의 상상력에 맡기고 있다. 절규와 광기와 분
노와 허망함이 뒤엉켜 있는 모습이 그 어느 리얼한 실제 화보
보다 더욱 슬픔의 농도와 강도가 내면화되고 있다. 청색시대와
장미시대에 이어 원시예술에의 관심과 추상적인 입체주의의 창
시와 초현실주의의 개척인 큐비즘 시대의 피카소는 스트라이프
줄무늬 셔츠를 좋아하는 영원한 소년이었다. 새로운 창조를 위
해 엄청난 속도를 정신없이 질주한 예술가의 세계는 후예들에
게 무한한 영감의 씨앗을 뿌렸다.

입체주의는 기존의 명암법과 원근법을 무시하고 대상을 기하
학적으로 분해하여 다양한 각도에서의 모습을 담아낸 2차원적
평면성을 극복하고 3차원에 도달하려는 열망이 집약된 것이기
도 하다. 소묘 자화상을 직선으로 그리는가 하면 청색시대의 자
화상은 온통 푸른빛의 배경이 눈에 띤다. '파란 외투를 입은 자
화상'에서 '팔레트를 들고 있는 자화상'으로 20세기 최고의 거장
답게 마르지 않는 샘, 새로운 예술 사조를 두루 섭렵했다. 다양
한 변화와 다차원적인 분해, 단순한 평면적 조형기법을 이용하

여 참신한 회화적 언어를 만들어냈다.

그가 세상을 뜨기 직전 90이 넘은 나이에 그린 '자화상'은 그의 예술적 위대함 그 지체이며 극도의 추상적인 기법으로 기하학적인 형상을 만들어 냈다. 부리부리한 눈은 무한한 에너지를 발산하며 예술의 미래를 비춘다. 스페인 내전 중에 프랑코 독재 정권이 독일군에게 게르니카라는 작은 마을에 대한 폭격을 허락하는 참사를 자행한다. 게르니카 폭격의 피해자는 대부분 여자와 노약자였다. 오월 그날, 광주에 발포명령을 내려 무고한 민간이 학살되었듯이 시인은 그날 참상을 떠올리며 이 시를 고발 서사로 썼다.

4월 게르니카와 5월 광주, 폭탄비와 헬리콥터 사격이 같고 피흘림과 비명, 살아있는 지옥과 불바다가 같다. 그렇다, 게르니카의 작은 마을과 광주가 유일한 목격자요, 생존자다. 이질적인 구도의 불안감이 그래서 야기되는 것이며 '오월의 게르니카'는 1987년 광주에서 자행된 살아있는 메시지다. 진상규명은 간간히 법정에 소환되지만 이제껏 책임자는 없고 공소 시효는 점차 '살인자의 기억법'에서 '분노의 치매'로 소멸되고 있는 중이다.

그림이 너무도 좋았다
모두에게 얻어 쥔 여백을
오늘도 부지런하게 들고는 들로 향했다
부서진 기와에 색을 더 넣고
풀빛 나는 어린 시절에 청량리 병원도 그렸다

지금은 갈 수 없는 땅
그림은 그러한 고통을 잊게 해 주었다
그리기에는 어둠은 질감을 더 해 줘 좋다
너무도 많은 어둠이다
그러기에는 검정을 너무 써버린 거다

때 긴 와이셔츠에 단추를 보며
한 여인의 긴 호흡을 추억삼아
거닐던 해변에 서서
떠난 가족을 그리며 모래를 만지작거린다
궁핍함에 바다는 너무 푸르다
고독감에 바다는 너무 깊었다
우울한 얼굴빛에서
그려내는 자욱들 그리고 과거를
한 올 한 올 풀어서 삼킨
물새 날지 않는 해변에는
저 부산포 바다를 다시 그릴 일이 없으니
뱃고동이 쓸쓸함을 그리고 있었다
그리고
정릉 골짜기
폭음 우울
초여름은 추웠다

이중섭,
그는

그림을 위한 처절한 순교자였다

– 「이중섭李重燮」 전문

그림이 너무 좋아 '모두에게 주어진 여백을 부지런하게 들고 는 들로 향했다'로 시작하는 이중섭의 연대기는 결국 '그림을 위 한 처절한 순교자였다'로 끝난다. 갈 수 없는 땅, 고통은 어둠 의 질감으로 그리고 헤어진 가족을 그리며 바라보는 바다는 궁 핍함과 고독감에 우울한 낯빛을 '뱃고동이 쓸쓸함을 그리고 있 었다'고 고뇌한 예술가가 겪었던 한 시대의 우울을 고스란히 대 변하고 있다.

"오늘 엄마, 태성이, 태현이가 소달구지를 타고? 아빠는 앞쪽 에서 소를 끌면서 따스한 남쪽 나라로 가는 그림을 그렸어요." 일본으로 떠나보낸 가족과의 해후를 꿈꾸며 아비 이중섭은 달 구지에 탄 가족을 편지에 그려 아들에게 보냈다. 이 편지 삽화 와 똑같은 구도의 그림이 있다. '길 떠나는 가족'이다. 이 작품엔 이중섭이 평생 부여잡고 있었던 두 주제 '가족과 소'가 함께 들 어가 있다. 추위와 굶주림, 눈물과 슬픔이 없는 유토피아를 향 한 희망가다. "중섭처럼 그림과 인간이, 예술과 진실이 일치한 예술가를 나는 모른다."고 했던 시인 구상의 말이 떠오르는 자 전적 그림이다. 특히 종이 값이 없어 담뱃갑의 은지에 그린 이 중섭의 은지화銀紙畵는 가난한 예술혼의 상징과도 같다. 얇은 은지를 긁어 그린 은지화는 마치 암석에 새긴 경주 남산의 고대 불교 조각을 연상시킨다. 6 25 이후 어수선한 정세 속에 손바닥만 한 은지에 이중섭의 거대 서사가 그려져 있다.

사람을 가르치는 것은 책이 아니라 생활 자체라는 말이 있다. 장시인은 '이중섭'이란 인물에 꽂혀 그의 과거사를 들추어내고, 관찰하고 그의 예술혼을 이해하고 그에 대한 숨겨진 일화를 자신의 정서에 가두고 시로 적었다. 이중섭이 속했던 시대의 사회상을 이해하고 가난한 예술가에 대한 하나의 전형典型을 창조했다. 따라서 그와의 만남은 전혀 개인적인 것이 아니라 궁극적으로는 공적인 것이 되었다. 어찌 보면 중섭의 '과거를 한 올 한 올 풀어서' 현재화시켰고, 오늘의 궁핍한 예술가들에게 동질의 공감과 연민을 자아내도록 이음매를 놓았다고 보고 싶다.

예술은 외로울 때, 가난할 때, 쓸쓸하고 고독할 때 나오는 것이라고 누군가 지금도 은연중 부르짖고 있는 지도 모르지만, 장시인의 한 인간에 대한 끝없는 시적 탐구를 하다 보니 그림이 너무 좋았던 이중섭의 '풀빛 나는 어린 시절'로의 회귀현상과 만나는 행운을 얻었을 것이다. 시의 의미와 시인의 의미가 창조적으로 갱신되어 이중섭의 따뜻한 가슴과 만나고 있음을 본다.

도서관에 들어서면
잘 정돈된 시선을 볼 수 있다
많은 눈동자는 부릅뜨고 출구를 본다

저 끝에서 이쪽으로
한 무리 사람들이 오고 있고
눈동자는 자리 잡는 걸 지켜보고 있다

아리스토텔레스의 그윽한 미소를 본다
옆에는 이지러진 한 독재자 초상화가 부조화를 이룬다
새뮤엘 헌팅턴과 에드워드 사이드와의 치열한 싸움
그 때마다 창밖에는 처절한 최루탄이 터진다
흩어짐
모아짐
이합집단

그 속에서
내 친구들은 군대에 가고
나는 거리로 향했다
군에 갔던 소설을 쓴다는 한 친구는
어느 새 사복차림으로
나에게 소주 먹은 만큼 털어 놓았다
사찰팀에 있다고
사회과학 서적이 몰수되었고
이윽고 말이 없어졌다

플라타너스가 낙엽이 되길 몇 번
졸업은 외로웠다
도서관을 떠나지 못하는 이유이다

－「도서관 소회所懷」 전문

소회所懷는 '마음에 품고 있는 회포'로 여기서 말하는 도서관에 대한 시인의 인상이 된다. 시 제목으로 보아 시인은 평소 도서관 출입이 잦고 학구적인 자세로 실생활에 임했던 것 같다. 이 시의 화자가 우선 '도서관에 들어서면' 온갖 도서와 자료의 '시선'과 만나고 이용자들의 '눈동자'와 마주친다. '잘 정돈된 시선'과 '많은 눈동자'의 무리가 부릅뜬 팽팽한 긴장감으로 무엇인가를 뒤지고 지켜보고 있다.

아리스토텔레스의 '시학'은 그윽한 미소를 짓고, '문명충돌론'의 저자와 '오리엔탈리즘'의 저자가 치열한 논리의 눈싸움을 벌이는 사이, 밖에선 시국을 우려하는 '처절한 최루탄이 터진다' 그 속에서 수배중인 친구는 군대로 도망치듯 입대하고 사찰 팀에 들어간 친구는 적개敵愾의 눈으로 불온서적을 뒤진다. 플라타너스 낙엽이 몇 번 떨어지더니 어느새 졸업이라니 도서관에서 다시 시작하는 공부를 보니 시인의 '졸업은 외로웠다' 문득 '지금도 마로니에는 피고 있겠지. 눈물 속에 봄비가 흘러내리듯 임자 없는 술잔에 어리는 그 얼굴. 아~ 청춘도 사랑도 다 마셔버렸네. 그 길에 마로니에 잎이 지던 날?' 이런 노래가 대학시절의 아슴한 추억 속에 떠오른다. 장 시인의 '도서관 소회'도 꼭 그런 회억回憶의 심정을 마음에 품고 이 같은 시상詩想을 떠올렸을 것이다.

이제 몇 날이라도 잃어버린 것을
찾는 시간을 가져야 할 것이다
그러기 위해서는 깨어 있어야 한다
깨뜨려져야 한다

진한 커피 향에 진한 삶을 생각하듯
취하진 말자
너무 흥분할 필요는 없다
흐려지니까
바벨탑은 무너졌어도
마음의 바벨탑까지 무너뜨릴 수는 없다

원색의 진리
산다는 주제는
모른다는 대답이 좋을 듯

－「원색의 진리」전문

　　원색(primary color)은 빛의 일차원색이며 다른 것들은 모두 혼
합에 의해 불투명하게 회색으로 나타난다. 다른 이물질을 혼합
하여 만들 수 없는 근원적이고 더 이상 쪼갤 수 없는 최소한의
원료이다. 원형原型은 문학사상 전반에 나타나는 본바탕으로 근
본적인 상징이나 성격을 가리키는 '최초의 유형'을 말한다. 어떤
사건이나 현상 따위가 비롯되는 원천이며 원류의 자궁인 것이
니, 지구상에 편만해 있는 모든 단어들은 기본형인 원형을 갖고
있으며 거기서 동의어와 반의어가 파생되어 복잡다단하게 얽히
고설키며 생을 영위한다.

　　시 속의 화자는 '이제 몇 날이라도 잃어버린 것을' 되찾으려 한

다. 원형을 회복하려는 노력이다. 그러기 위해서는 사막의 어린 왕자처럼 '깨어있어야 한다는 것' 다윗이 사울을 피하여 굴속에 숨어서 부른 노래인 '내가 새벽을 깨우리로다.'의 정신으로 나아가야 한다는 것. 오만불손의 자아는 과감히 깨뜨려져야 하고, 너무 쉽게 도취하진 말고, 조급한 흥분으로 서둘지도 말 되, 그러나 계속 '마음의 성(바벨탑)'을 쌓아야 한다는 것, 그것이 '원색의 진리'인 것이며 어느 가수의 유행가처럼 산다는 것은 그것만으로도 의미는 충분한 것이다. 왜 사느냐 묻거든 그냥 웃을 밖에 없는 초월한 인생에서 얻은 원형의 진리인 것이다. 잃어버린 것을 찾아서 새벽을 깨우는 사람들은 오늘도 자신도 모르게 떠밀려온 변방의 기슭에서 '회복기의 노래'를 부르며 기억의 파지곡선을 그리고 있는 지도 모를 일이다. 포로 된 이스라엘 백성들이 바벨론의 강가에서 시온을 생각하며 눈물을 흘렸듯이.

그건 또 다른 어른이었다.
밀려오는 바닷가에 서 있노라면
삶은 부질없이 부서진다
한 움큼도 못되는 재를 만들고 사라지는
삶 그리고 긴 한숨
마지막 손짓으로 항거하다가
오늘이면 다시금 햇살을 받아낸다
그건 항상 수동적이기에 천천히 태양을 닮아 가고 있다

또 다른 여름과 함께 겨울이 간음을 일삼던 시절에

슬픔도 가시고
별의 떨어짐도 가느닿게 이어져
온 마음으로 받아내는 권태와 개념 사이에서
온갖 방황의 미각을 즐기다가
급기야 익명의 인간으로 되돌아
살아가게 되는 비극을 연출한다
사람의 중요성은
어차피 잃어버린 세태 속에서
닳아빠지는 집단의 종속에
낙오된 분신
죽었던 발생적인 사건
습속화된 신화는 현기증을 일으켰기에 다행이다

또 어른이 되었다
반대의 언어가 난무하였다
창의성을 상실한 육체
동화되어버린 진세塵世때문은 아니다
그건 인간 갈증 관계이다
최대한 자탄적인 습성이어야 한다
그러기에는 너무나 늙었다

－「변신變身」 전문

어느 날 갑자기 거대한 갑충으로 변한 주인공의 이야기를 다룬 카프카의 '변신變身'은 현대 문명 속에서 소외된 인간의 모습을 형상화한 표현주의적 소설로 유명하다. 벌레를 통해 상호간의 소통과 이해가 단절된 인간의 고독과 실존의 허무를 암시한 작품인 데, 벌레로 변한 인간의 고독과 소외에 버금가는 이 시 속의 화자는 '또 다른 어른'으로 진화한 것 자체가 '변신'이다. 자신의 삶이 부질없다고 한숨 지을 때쯤이면 '마지막 몸짓으로 항거하다가' 태양의 후예를 자처하기도 한다. '권태와 개념 사이에서' 유리방황하다가 익명의 섬으로 진입하여 비극을 연출하거나 '집단의 종속에서 낙오된 분신으로' 초라한 몰골을 드러내기도 한다. 그러구러 세월만 흐르는가 싶더니 '또 어른이 되었다'는 자괴감! 반대의 언어가 난무하고 '창의성을 상실한 육체'는 '변신'인지 변형인지 모를 진세塵世의 어수선한 세상에서 자탄하기에는 이제 '너무나 늙었다'고 자조한다. 또 한편, 작자는 '여름과 겨울이 간음을 일삼던 시절에' 열정과 냉정 사이에서 이 글을 지었을까 궁금해지기도 한다.

금산사 미륵전 앞
팔월의 태양의 열기로 인해
배롱나무가 불타고 있었다

천 년이 넘는 미륵전 앞
절 마당에는
노래를 부르는 여인네가 있다

온통 진홍빛으로 몸을 두르고
이 붉은 몸뚱이를 봐 달라고
오가는 중생에게 손짓 한다
이렇게라도 해야
할 것 같다는
배롱나무의 붉은 음성이 들린다

맵씨 좋은 여인네가
붉은 색으로 치장하고
지나가는 중생을 유혹하듯 서 있다
염천지하 복날에 태양은
이다지도 고운 색깔을 만들고 있다니
경외스러울 뿐이다

미륵전 앞 배롱나무
묵언정진
불타며 열반에 드는데
나는 그저 바라만 보고 있다

– 「미륵전 앞 배롱나무」 전문

　여기서 잠깐, 시는 언어의 경제성이 중요하다는 말을 떠올려
본다. 시는 최소한의 언어로 최대한의 의미를 찾아내는 것이다.
심지어 침묵으로 쓰는 언어라고 말할 정도로 감정을 드러내는

게 아니라 감추는 것이라고 말한다. 상상력의 문제이므로 거기
엔 리얼리즘이 없다. 여기 '미륵전 앞 배롱나무'가 중생에게 하
는 말인즉슨, 위에 세 연聯 모두 생략하고 넷째 연의 네 줄로 족
하지 않을까 가만히 생각해 본다.

　얼마 전 '넉 줄 시' 동인의 글을 읽고 그 여운은 사뭇 오래 갔
다. 이미 존재하는 시조 형식 가운데서 종장만을 떼어내어 거기
에 질서와 특성을 준 것이다. 이를테면 '언어는 짧고 침묵은 하
염없이 길다'고 말 할 수 있지 않을까? 조야한 마음 밭을 경작하
면서 수행하는 수도자의 마음 자세이면 '미륵전 앞 배롱나무'처
럼 얼마든지 '묵언정진'하는 가운데 불타는 열반에 들게 되지 않
을까? 그 오묘한 뜻을 당장은 알 수 없으니 순간의 발견을 노래
하는 시인은 지금도 '그저 바라만 보고 있다.'

　민 낯

　어느 날
　거울을 아침 식사 전
　자리에서 일어나서 보았다
　낯 선 얼굴이다
　언제 보았던 적이 없던 모습
　덩그렇게 서 있다
　왜 이리
　낯설다
　그리고 어렵다
　더불어 오는 두려움

그 속에는
찌든 삶의 자욱이 있었고
내가 싫어하는 인물이
무거운 모습으로 잔뜩 있다
그리고 웃었다
그래도 행복했다

이름이 있다는 게
저 속은 무명이거나 무행하거나

– 「거울」 전문

    화자의 '거울'엔 '낯선 얼굴'이 들어 있다. 살면서 '더불어 오는 두려움'과 '찌든 삶의 때 자국'과 혐오 인물 같은 것이 적의敵意의 얼굴로 무겁게 드리워져 있을 때도 있다. 그리곤 이내 웃고 행복감에 젖어 다시 일상 속으로 회귀할 뿐 그 이상도 그 이하도 아니다. 그나마 누군가의 '이름이 있다는 게' 고마운 삶의 제목이 될 수 있어 다행이다. 거기엔 이상의 '거울'에서 오는 자의식의 경향이나 심리적 불안감을 역설적으로 보여주는 자아의 모순성도 살짝 엿보인다. '언제 보았던 적이 없던 모습 덩그렇게 서 있다'에서처럼 거울 속에는 늘 거울 속의 내가 있고, 때론 거울 속의 나는 '참 나'와는 정반대의 모습이다. 낯설고 어지러운 풍모의 초현실주의 시인은 거울 속의 나를 근심하고 진찰할 수 없으니 퍽 섭섭하다고 말하는 이상 시인이 되기도 한다. '저 속은 무명無明이거나 무행無行하거나' 즉 무지하거나 진리를 알지 못하는 세계, 혹은 백 가지 조심만 할 뿐 아무것도 행하지 않는 허무의 도를 말하는 무행無行을 경계해야 한다고 넌지시 말해주고 있는 듯하다. 남이 보는 내 얼굴, 즉 거울 속의 거울로 내비친 이미지가 후일에 어떤 잔영이나 잔상殘像으로 남을까? 시를 쓰는 과정엔 꼭 '낯 설게 하기'의 기법이 하나 있다. 친숙하거나 인습화된 사물이나 관념을 특수화하고 낯설게 함으로써 새로운 느낌을 갖도록 표현하는 방법인 데, 요즘 시인의 낯 선 '거울'이 낯 선 얼굴을 낳는 모양이다.

이 여인의 정체를
알고 있는 이 있을까

지아비 임지 길 따라 갔다가
천길 벼랑에 핀 꽃에 욕심 부렸다
어떻게 깎아지른 높은 곳
꽃을 꺾어 달라는 말이 나올까

아비의 힘인지
아니면 지아비의 배경인지
그때나 지금이나
딸랑거리는 애들이 있었거든

여러 사람이 꽃을 꺾어 왔지

그 가운데 소 몰고 가던
나잇살 먹은 이
꽃을 받았던 여인

아마도 세월도
멈출 수는 없었을 게야
지금 뭘 하고 지낼까
어디에 살고 있는지
아는 이 있거든 알려주길 바라오

– 「수로부인」 전문

신라 향가 헌화가獻花歌에 등장하는 '수로부인水路夫人'에 대한 설화를 시로 쓴다는 게 쉬운 일은 아닐 것이다. 1인칭 현재를 기준으로 시작詩作하라는 지적도 있거니와 케케묵은 설화를 바탕으로 단지 재미만을 위해 시를 쓸 수도 없는 노릇이다. '여인의 정체'보다는 오히려 그녀를 향해 헌화가를 지어 부른 정체불명의 노인이 더 궁금하다. '자줏빛 바윗가에 암소 잡은 손 놓게 하시고, 나를 아니 부끄러워하신다면 꽃을 꺾어 바치오리다.' 한 노인이 꽃을 꺾어 바치면서 이 노래를 불렀다고 하는데, 이 고전시의 주제는 '수로부인에 대한 사랑'이라는 데 주목한다. 더욱 의문이 드는 것은 하필이면 깊은 산이나 큰 못 같은 데만 이르면 왜 자꾸 수로가 납치를 당하는지, 창세기의 경우처럼 신神은 수면에 운행하시는 모양이다. 바다용이 납치해 가면해가사海歌詞가 불려 지기도 했다. '네이 요놈 거북아 수로 내놔라. 남의 여자 앗은 죄 얼매 큰 기고? 니 우리말 안 듣고 안 돌려 주모 그물 던져 잡아서 구워 먹을까다마.'

'뉘라서 꽃을 꺾어 내게 줄이 있는가?' 절세미인 수로의 부탁에도 감히 누구도 천 길 벼랑이라 엄두를 못 내던 차에 그 노인은 당당히 '나를 아니 부끄러워 하신다면' 전제 하에 목숨 걸고 꽃을 꺾어 왔다. 그리고 유독 '나잇살 먹은 이의 꽃을 받았던 여인'의 심사는 무엇이었을까? 그리고 지금 시인은 그 여인의 행방과 거처를 알고 싶어 한다. 여기서 시는 상상력의 문제이므로 그 이상의 리얼리즘의 여지는 없다. 노인이 생명의 위험을 무릅쓰고 절벽에서 꽃을 따서 바치고 바다의 용까지도 관능적인 수로의 아름다움에 반해서 물속으로 납치하고 일련의 공간적인 은밀함에 거침없고 자유분방한 관능성의 표출이 이어진다. 자고로 생이란 무엇인가? 인간의 궁극적 목표와 행복은 어디서 오는가? 늙음에 대한 관조를 통해 치명적인 아름다움의 사랑을 역설한 것인가? 100세 시대에 던지는 헌화가의 화두는 수로부인의 행보만큼이나 신비한 상상을 불러일으킨다. 정체불명의 노인은 워낭소리 할머니 곁으로나 갈 일이지 왜 젊은 수로에게 구애가求愛歌를 불렀을까? 어느 철학자의 말대로 '사명감'을 가지면 노년이 고독하지 않다는 역설의 진리인가?

가난에 젖어 사는 데
이력이 난
나는 오늘도

땅거미 깔린 시간 집에 들어서면
낯익은 얼굴마다 번진 웃음꽃
마음이 아리었다

늦게 온 남편에게 아내는
찬 없는 저녁을 만든다
오늘도 탈 없이 지냈구나
하루를 버티는 게 힘들었을 아내
희미한 등 아래
둥근 밥상에 둘러 앉아 먹는 늦은 저녁
숟가락 소리 거칠었지만
끊이지 않는 웃음소리

작은 창을 열자 들어오는 달빛
꽉 찬 공간에
더 없이 좋은 것
가난한 공간에 들어오는 안온함
별빛이 화창한 하늘 보며
내일은 더 많은 것들을
이 작은 둥지에 채우리

오늘 따라
아내가 고맙다
아름답다

－「신 누항사新陋巷詞」 전문

'누항사陋巷詞'는 박인로朴仁老(1561~1642)가 초야에 은거할 때 그의 친구인 이덕형李德馨(1561~1613)이 찾아와 사는 형편을 묻자 이에 화답하는 형식으로 쓰여 졌다. 거기서 배태한 '단표누항簞瓢陋巷'은 누추한 곳에서 먹는 도시락과 표주박의 물로 소박하고 청빈한 선비의 표상이지만, 안분지족과 유유자적으로 가난한 생활을 하면서도 편안한 마음으로 자기 분수를 지키며 만족할 줄 아는 시인의 삶을 지칭한다.

'신 누항사新陋巷詞'는 물론 장 시인의 자전적인 체험의 값진 산물이다. 누구나 힘들고 어려웠던 시절, 가난에 이력이 난 시인도 궁핍한 시대의 고단한 삶을 비껴가진 못했다. 그래도 땅거미 진 시간 집에 들어서면 번져가는 '웃음꽃에 마음이 아리었다'는 시인의 쓸쓸한 고백이 뭉클하다. 찬 없는 저녁의 둥근 밥상에 둘러앉은 식솔들의 거친 숟가락 부딪는 소리와 아이들 웃음소리는 내일의 밝은 희망의 속삭임으로 들린다. 이슥한 밤이면 가난한 공간에 스며드는 달빛의 안온함은 둥지에 더 많은 것을 채워주는 하늘의 은총이리라! 이럴 때 새삼 '아내가 고맙다' 늦은 저녁 모서리에 앉아 아내의 눈물겨운 아름다움을 낙서하는 날이 시작되었다. '당신이 굳게 서 있어야 내가 그리는 원이 바르고 내가 시작한 곳으로 다시 되돌아 올 수 있다'는 확신이 들기 시작한 것이다.

미나리꽝에 가면
언제나 당신의 모습이 있었다
장바닥에 가면
스무여 단 열무 꾸러미 쌓아 놓은
당신의 얼굴이 있었다

—중략—

빈 방에 울다 지친 누이는
낡은 이불 반쯤 접다 쓰러졌고
미나리꽝에서 오는 두런거림은
매정하게 찬바람 몰고 창가를 스쳤다

지금은 지난 시간
이제는 어디에도 당신 그림자
찾을 수 없고
눈가에 뜨거운 마음만 흐르며
긴 아쉬움만이
나의 유년을 기억한다

－「어머니」부분

어머니
낯선 얼굴

나를 낳고도 그랬을까

어머니 손
잡고
잡아 보아도
잡히는 건 바람

– 「만가挽歌」 부분

시인은 고향 그리고 어머니에 대한 애상을 그리고 있는 시 특히 유년기의 경험을 가진 시가 다수가 등장 한다. 이 세상에 어머니에 대한 애정은 누구나 경험하는 바이다. 시인은 그런 경험을 애틋하게 그려내고 있는 면이 시인의 특징 중 하나라고 할 수 있다.

어떻게 보면 누구나 시로 어머니에 대한 애정을 표현한다는 것은 쉬운 일은 아니다 표현해 내는 능력이 뛰어나다는 점이다. '만가挽歌'에서 어머니 손을 잡아보는 안타까운 장면을 보여주는 시에서 가슴을 저리게 하고 있다.

소년이 있었다
그 소년은 보잉747 비행기를 자가용으로
세계 여행하는 게 꿈이었다

그 소년은
종이비행기를
3층 교실에서 연신 날렸다
꾸중도 많이 받았지만 그때 뿐

소년이 말했다
너 그거 알아
저녁 놀 속으로 날아가는 종이비행기
그 모습은 황홀감을 주지
매혹적이기도 하고
그 모습 그 유혹을 내칠 수가 없어

그 소년은 성년이 되어
그 꿈을 이루기 위해
열심히 살았다

어느 날 연화장에서
그 소년의 아들이 보는 앞에
한 줌 재가 되었다

꿈을 꿨던 소년은 어디에
종이비행기 날리며 했던 율동은
그림자 춤이었을까

노을 속으로 날아가는 종이비행기

– 「종이비행기와 소년」 전문

시인은 환상적인 어린 시절에 대한 시를 볼 수 있다. 어릴 적 누구나 한 번쯤은 했을 종이비행기 날리는 놀이를 통해서 한 소년의 꿈과 이상을 표현하고 있다.

현실적인 사정으로 좌절한 소년을 통해 꿈을 접어야 하는 세태를 보여 주고 있다 그러나 그 꿈은 계속되어야 한다. 그래야 매혹적인 사실들을 만들어 낼 수 있기 때문이다.

이상에서 살펴본 바와 같이, 시인은 첫 시집 임에도 불구하고 오랜 습작과 내공으로 연단한 시편의 주제에 대한 방대한 독서는 물론이고 다양한 저서의 논문을 섭렵할 만큼 학구적이고 해박한 면모를 보여 주고 있다.

무릇 현존 인간이 사건과 사고 속에 살고 있다면 시 또한 사실과의 접촉으로 만들어지는 것이고 실제로 시 속에는 연대기와 같은 일련의 현상들이 행간 곳곳에 배어있다. 더욱이 역사적인 내력이나 인물로 글을 쓰면 자연스럽게 서사시 형태를 띠게 마련이다. 한마디로 장 진 시인이 읊은 시의 유형은 대개 산문정신의 이야기체에 가깝다. 어찌 보면 산문과 시의 경계를 교묘히 넘나들고 있다고 보아야한다. '아이리시 커피'를 비롯해서 '게르니카 오월' '이중섭' '미륵전 앞, 배롱나무' '수로부인' 등 모두가 역사적인 맥락을 띠고 태어난 작품들이다. 문학적 서사시는 전통에 대한 비판이나 교훈적인 잠언, 풍자적 전개 혹은 해학적인 모방을 포함한다. 무엇보다 서사시는 친숙하고 전통적인 주제를 다루는 경향이 있기 때문에 초기 단계를 건너뛰어도 독자는 당황하지 않고 곧장 서사의 극적인 전개에 몰입할 수 있는 장점도 있다. 인간의 현실은 시간의 흐름에 따라 끊임없이 변화하는데 그러한 삶의 변화 과정 속에서 자신과 세계의 존재 의의를 찾으려는 태도가 나타난다. 이것은 곧 시인 개인의 역사의식이라 부를 수 있는 것이며 그는 각 시편을 통해 이러한 독자적인 시대정신을 예리하게 간파하였다.

이를테면 '아이리시 커피'의 유래에서 게르니카의 폭격과 오월 광주의 비극, '이중섭'의 숨겨진 이면과 군사독재시절에 다닌 대학 '도서관 소회', 구전口傳의 민간 설화인 '수로부인'의 재해석이라든지 자신이 처한 '신 누항사'의 고단한 현실을 가감 없이 산문정신에 입각한 리얼리즘으로 표현하였다. 그리고 유년기에 대한 애틋한 정서를 드러내고 있다는 점이 가슴을 저리게 한다.

특히 무엇보다 각 시편 어귀에 달린 각주脚註는 그의 치열한 노력의 엄연한 흔적이다. 그러나 뭐니 뭐니 해도 시의 본령은 서사를 능가하는 서정시의 은유적 사고와 구성에 있다. 다시 말해 지나친 사실 묘사로 '죽어버린 은유'를 상징이나 암유暗喩로 바꾸려는 노력이 절실하다고 하겠다. 시인은 포천학교장으로 마지막 재직하던 시절에 '포천통신抱川通信'이란 시에서 서정의 꽃씨를 이렇게 "우리네 삶이 팍팍해도 / 속을 들여다보면 다감한 사람들이니 / 이 밤 지나면 / 꽃 보러 가야겠다."고 읊었다.

옳거니, 우리는 어둠을 건너기 위해 꿈을 꾸고 삶을 건너기 위해 몰입해야 한다.

내면에 인도주의적인 시적 시상詩想이 잠재

양승본(시인, 수원문인협회 회장)

　　장진張鎭 시인의 시 〈아이리시 커피〉를 보면 시인의 내면에 인도주의적인 시적 시상詩想이 잠재되어 있다는 생각을 가질 수가 있다. 아일랜드는 추운 지방이다. 시인은 그 추운 지방을 통하여 '아이리시 커피'라는 시를 썼는데, 이 시 속에는 그 추위를 녹이려는 인정이 내포되어 있기 때문이다. 〈이일랜드는 슬프다〉로 첫 연을 연 시인은 커피의 '기근' '아사餓死'란 시어詩語를 통하여 슬픔을 노래하였고 커피와 위스키의 융합融合을 표현하여 〈이 조합은 그래서 아이리시 커피이다〉라는 결론을 내리는 아름다운 매력이 들어 있는 것이다.

　　「기우제祈雨祭」는 7연으로 이루어지는 시이다.

　　이 시는 비과학적인 농촌의 실상을 우회적으로 표현 하였다.

　　첫 연에서 〈계절은 여름으로 치달았다〉로 시작하면서 가뭄에 대한 불안한 예감을 던져 주고 있다. 그 불안은 곧바로 현실로 이어지는 묘사로 나타난다.

'가뭄=거북껍질=농심은 타들어=쩌억 갈라지면'에서 시인은 그 결과를 〈마을은 깊은 심연으로 잠겼다〉로 표현을 했는데, 앞날에 대한 은근한 예측을 하고 그 결과를 나타낸 심상心想을 보는 듯하다. 리듬이나 사상, 상징성을 통하여 시어詩語를 선택한 점이 돋보이는 장면인 것이다.

동시에 〈누렁이 두 마리〉=〈인적은 없었다〉로 이어지는 표현법은 농촌마을의 현실상황을 형상적形相的으로 표현을 하였는데 마을의 평온을 나타내면서도 텅 빈 동네를 묘사한 것은 이중적 구조를 이용한 시인의 언어 선택이라고 볼 수 있는 것이다.

둘 째 연에서 〈성산봉의 질퍽한 기우제〉→〈어디에도 빗방울 그림자도 없었다〉로 이어지는 데 이것은 바로 끝 연에서 나타나는 기우제의 효험을 미리 예언한 구조이어서 시인의 치밀하고도 조직적인 시작詩作을 한 마음을 엿볼 수 있다.

또 〈정한이 아버지 죽음〉=〈역질〉의 관계를 정립하여→〈세 사람 목숨을 잃었다〉로 가뭄의 고통에 더하여 죽음까지 몰고 온 농촌의 실상을 쓴 것은 시인의 마음속 현상을 잘 나타낸 것으로 분수 있겠다.

셋째 연에서 〈아낙네들〉→〈마을 회관으로〉→〈오백년 묵은 느티나무〉로 세월의 오랜 흐름을 표현하여 그런 오랜 역사의 농촌 마을에 '절망'이 찾아오고 그 절망에 대한 '대책'을 대화로 설정한 것은 시의 이미지 구축을 위한 기교라고 생각할 수 있다고 보겠다.

넷째 연에서 〈농악대〉→〈어둠을 몰아내고 있었다〉=〈희망〉

을 상징화 시킨 것은 그 안에 함축된 이미지를 잘 이끌어간 것이다.

다섯째 연에서 〈남정네들〉의 역할→〈아낙네들이 하는 판〉으로 시의 흐름을 말한 것은 고난의 길을 찾는 사람들의 행동을 나타낸 것으로 볼 수 있다.

여섯째 연에서 '속곳을 이용한 노력=비'를 기다리는 안타까운 심리를 처절할 정도로 표현을 했는데 작가의 시적인 감각을 높일 수 있는 것이다.

일곱째 연에서 〈그 이튿날에도 비는 오지 않았다〉로 마무리를 했는데 기우제의 효험이 없는 절망감을 은근한 비과학적인 방법이라는 것을 드러낸 것은 우주시대를 살아가는 현대인에게 많은 메시지를 던져주고 있는 것이다.

시인의 나머지 시들도 읽어 보았는데, 장진의 시 세계는 「겨울 스케치」 「수로 부인」 「불갑사를 가보셨나요」 「푸른 하늘」 「종이비행기와 소년」 등 많은 작품들을 살펴보면 한마디로 인간적인 너무나 인간적인 생활 시이면서 서정시로 독자들에게 많은 느낌을 줄 것으로 본다.